Nippes auf ein Kölsch im Kappes

von

Steffi Machnik | Biber Happe

VeedelMedia

1. Auflage 2019

VeedelMedia® Machnik & Happe Partnergesellschaft, Köln

Gestaltung und Gesamtherstellung: VeedelMedia, Köln 2019

Fotos: Biber Happe alle Aufnahmen außer Ralf Bauer (Titelbild), Holger Hoeck (S. 73), Andreas Ziemer (S. 88)

ISBN 978-3-00-063501-4

Die Deutsche Nationalbibliothek verzeichnet diese Publikation in der Deutschen Nationalbibliografie; detaillierte bibliografische Daten sind im Internet über http://dnb.d-nb.de abrufbar.

Besuchen Sie uns im Internet: www.veedelmedia.koeln

Inhalt

Auf ein Kölsch im Kappes mit Paul Heller

Er gehört zu den besten Jazzmusikern nicht nur in Deutschland, ist als Saxophonist Mitglied der renommierten WDR-Bigband und mit Fay Claassen verheiratet, der niederländischen Jazzsängerin. Aber Starallüren sind ihm fremd. Die Musik habe ihn immer geerdet, sagt Paul Heller (48), der mit seiner Familie schon seit zwanzig Jahren in Nippes lebt.

Herr Heller, Sie haben bis zum Alter von 15 Jahren schon drei erste Preise beim Nachwuchswettbewerb >Jugend jazzt NRW< abgeräumt. Gab es für Sie eigentlich einen Plan B im Leben statt der Musik?

Nein, nie. Es war vollkommen klar, dass ich Musik machen werde. Ich bin in einer musikalischen Familie aufgewachsen. Mein Vater hat immer Jazzmusik gemacht und ich habe lange nicht gewusst, dass er eigentlich Professor für Elektrotechnik war. Mein vier Jahre älterer Bruder Ingmar ist ebenfalls Musiker und spielt Bass in der NDR-Bigband. Nur so nebenbei: Der Hessische Rundfunk ist noch der dritte der öffentlich-rechtlichen Sender in Deutschland, die sich Chor und Orchester leisten. Diese drei machen weniger als 40 Cent der Rundfunkgebühren aus.

Gab es nie Momente in ihrem Leben, als sie ihr Instrument, das Tenorsaxofon, einfach mal in die Ecke werfen wollten?

Nein, wirklich nicht. Das Instrument und die Musik haben mich gerade auch über schräge Zeiten getragen, zum Beispiel in der Pubertät, wenn nicht alles rund lief. Gerade dann hat mir die Musik geholfen. Ich habe schon einen Großteil meiner Freizeit dem Instrument gewidmet.

Wie oft und wie lange haben Sie geübt?

Als ich von Hohenlimburg, wo ich aufgewachsen bin, nach Köln zum Studium an die Musikhochschule ging, habe ich acht Stunden am Tag geübt. Aber das war kein Zwang, sondern das ergibt sich automatisch. Solange der Forscherdrang da ist, das Instrument mit all seinen Facetten kennenzulernen und neben der Technik die Sprache des Jazz aufzusaugen und zu erlernen, schaut man nicht auf die Uhr. Während der Schulzeit war die Musik wirklich inspirierend und anspornend, gerade auch mit dem Jugend-Jazzorchester NRW, mit dem ich unterwegs war. Und ich war ja schon, als ich in der Oberstufe war, mit der Thilo Berg-Bigband auf Tournee. Ich bin heute noch meinen Lehrern dankbar, dass sie mich die Wochen über weggelassen haben. Mittlerweile ist das Üben natürlich ein bisschen in den Hintergrund getreten, weil ich praktisch jeden Tag spiele.

Der Weg zum Studium an der renommierten Musikhochschule in Köln war bei ihrem Talent vorgegeben. Welchen Abschluss haben Sie gemacht?

Ich muss gestehen: Ich habe gar keinen künstlerischen Abschluss. Ich habe das Studium irgendwann abgebrochen, weil es für mich keinen Sinn mehr machte. Diese Entscheidung war genau richtig, dann das Spielen hatte für mich immer Vorrang. Ich habe viele ältere, erfahrene Musiker schon während meiner Schulzeit kennengelernt, die mich mitgenommen und unterstützt haben. Es war ein natürlicher Übergang aus der Schulzeit in den Beruf. Ich wurde häufig angerufen und zum Mitspielen eingeladen. So durfte ich schon früh mit meinen Helden zusammen spielen.

Wer war das?

Mein Mentor war der niederländische Trompeter Ack van Rooyen, der heute 89 Jahre alt ist. Ich kenne ihn, seit ich 16 bin und er hat mich unter seine Fittiche genommen und unterstützt. Bob Brookmeyer, der amerikanische Komponist, Arrangeur und Bandleader, in dessen Band ich 17 Jahre gespielt habe, oder der Tenorsaxofonist Johnny Griffin, auch aus den USA, der leider schon 2008 verstorben ist. Aber ich könnte noch eine ganze Reihe weiterer Namen nennen. Aber einen Musiker darf ich nicht vergessen: Das ist Wolfgang Engstfeld. Er war Lehrer an der Kölner Musikhochschule, mein großes Vorbild und sehr prägend. Er war einer der Menschen, die mich bewogen haben, Tenorsaxofon zu spielen und nach Köln zu kommen.

Sind Sie ein glücklicher Mensch, weil Sie die Musik, ihre Leidenschaft, erfolgreich zum Beruf machen konnten und mit der besten niederländischen Jazzsängerin verheiratet sind?

Ja klar, das ist ein traumhaftes Leben! Aber es gibt auch Durststrecken. Ich bin viel unterwegs, die Musik ist mit viel Organisation, viel Fahrerei und Warten verbunden. Warten auf den Soundcheck, warten auf den Auftritt. Das ist manchmal schon ein bisschen ermüdend. Aber man wird durch die Musik immer wieder belohnt.

Ist es heute schwieriger als vor 30 Jahren, als Ihre Karriere begann, sich als Musiker zu etablieren?

Es ist schwieriger geworden. Es gibt mehr Musikhochschulen, die Zahl der gut ausgebildeten Musiker ist größer geworden und heutzutage müssen sich die Musiker viel mehr um sich selber kümmern. Ich bin schon früh in meiner Karriere von anderen Musikern angerufen worden, konnte mein eigenes künstlerisches Profil langsam aufbauen und entwickeln. Dafür bin ich sehr dankbar.

Wie beurteilen Sie die Situation der Spielstätten für Jazz in Köln?

Die Szene bietet mittlerweile viele Möglichkeiten, sich künstlerisch weiterzuentwickeln. Es gibt viele gute Spielorte wie das Arttheater und das Loft in Ehrenfeld, den Stadtgarten, wo ich meine Konzertreihe >Next Level Jazz< veranstalte, Greesberger am Ebertplatz und weiterhin das legendäre Subway an der Aachener Straße, wo der WDR regelmäßig zu Gast war und große Künstler auf der Bühne standen. Jetzt hat sich dort das >Subway Jazz Orchestra< mit jungen Musikern etabliert. Und am 16. September eröffne ich mit Ack van Rooyen das sanierte King Georg am Sudermanplatz als neuen Jazzklub in Köln. Die Spielorte werden mit viel Idealismus betrieben und es ist wünschenswert, dass sie sich für die jungen Leute auch wirtschaftlich lohnen.

Zum Schluss muss ich natürlich noch fragen, was Nippes für Sie bedeutet?

Mein älterer Bruder Ingmar lebte schon in den 1990er Jahren hier und vor zwanzig Jahren bin ich hierher gezogen. Nippes ist Heimat für mich und die perfekte Mischung aus Dorf und Stadt. Es entwickelt sich toll und hat sich auffällig verändert gegenüber der Zeit, als ich kam. Viele junge Familien ziehen nach Nippes oder entstehen hier. Es ist eine besonders schöne Stimmung und für meine Familie und mich gibt es keinen Grund wegzuziehen, zumal in den letzten Jahren mehr und mehr Kollegen aus der Branche in Nippes wohnen. Und bevor ich nach Nippes kam, habe ich im legendären Schwabenhaus im Agnesviertel gewohnt.

Was ist denn das Schwabenhaus?

Es war ein Wohnhaus an der Neusser Straße, in dem nur Jazzmusik-Studenten aus Schwaben wohnten. Der Besitzer hatte ein Faible dafür. Als ich 1989 zum Studium nach Köln kam und eine Wohnung suchte, konnte ich als einziger Nicht-Schwabe einziehen und habe dort zehn Jahre gewohnt. Das Haus und seine Bewohner waren schon besonders, und das Schwabenhaus ist unter den Studenten an der Musikhochschule sogar heute noch ein Begriff.

Vielen Dank für das Gespräch. Prost.

Auf ein Kölsch im Kappes mit Karin Kloos

Nach 39 Jahren an der Rheinischen Musikschule, Regionalschule Nord geht Karin Kloos (65) im Sommer in den Ruhestand. 24 Jahre leitete sie den Zweig der städtischen Musikschule in der Turmstraße und in der Meerfeldstraße in Longerich und hat nie daran gedacht zu wechseln. Und Köln und der Dom hat sie schon als Kind beeindruckt.

Karin, wir kennen uns schon lange aufgrund unserer Arbeit in und für Nippes. Bist du, aufgrund der langen Zeit in der Musikschule, hier bekannt wie der sprichwörtliche „bunte Hund"?

Im Laufe der Jahre habe ich natürlich sehr viele Familien kennengelernt. Ich habe 27 Jahre im Afrika-Viertel gewohnt, und damals war es schon so, dass ich beim Einkaufen viele Eltern getroffen habe und dann hieß es oft „Gut, dass ich sie sehe. Ich wollte sie sowieso anrufen." Das war schon sehr ausgeprägt damals. Aber nachdem ich nach Niehl gezogen bin, hat sich das gelegt.

39 Jahre an einem Arbeitsplatz. Das nötigt mir immer großen Respekt ab, und für jüngere Leute ist diese Konstanz schwer nachzuvollziehen. Bestand nie der Wunsch zu wechseln?

Nein, der Beruf wird nie langweilig. Er ist das Gegenteil von einseitig, ist kreativ und fordernd. Ich habe so viel mit Kindern und Familien zu tun und es bauen sich langjährige, persönliche Bindungen auf. Ich musste nicht wechseln.

Was hat sich in den zurückliegenden Jahren verändert?

Das neue Schulsystem mit Abitur nach acht Jahren hat die Terminfindung komplizierter gemacht und manche Kinder haben zu viele Hobbys. Und die Literatur, die wir benutzen, hat sich geändert. Früher gab es ein oder zwei Klavierschulen, die passten. Jetzt haben wir die Schränke voller Noten. Aufgrund der geänderten Hörgewohnheiten hat sich die Auswahl verändert. Aber das ist toll und deshalb wird das Unterrichten nie langweilig.

War Musiklehrerin immer dein Traumjob?

Die Weichen habe ich mit 13 Jahren gestellt. Ich lebte mit meiner Familie in Hessen, in einem Dorf mit 1.000 Einwohnern. Meine Eltern hatten eine Bäckerei und einen Lebensmittelladen und über dem Laden lag unser Wohnzimmer. Dort stand ein Klavier und ich habe immer gespielt. Das hat den Kunden im Laden gut gefallen. Mit der Liebe zum Klavierspiel entwickelte sich dann der Wunsch, Musik zu studieren. Mit 13 habe ich beschlossen, Musiklehrerin zu werden. Dafür musste ich allerdings die Schule wechseln.

Du bist mit 13 Jahren schon von zu Hause weggegangen?

Ja, ich habe dann das Gymnasium in Bad Laasphe bei Siegen besucht. Das gab´s bei uns im Dorf nicht. Unter der Woche habe ich im Schülerwohnheim gewohnt. Für meine Mutter war klar, dass ich nicht mehr zurückkomme. Aber meine Eltern haben meinen Berufswunsch immer unterstützt, obwohl ein Musikstudium für viele Menschen damals zur brotlosen Kunst führte.

Nach dem Abitur hast du an der Musikhochschule Köln studiert. Warum Köln und nicht Frankfurt oder eine andere Stadt in Hessen?

Der Kontakt nach Köln bestand schon immer, weil ein Onkel hier lebte, den wir, also meine Familie, regelmäßig besucht haben. Der Dom hat mich schon damals beeindruckt und auch der Rhein. Und nach Köln zu gehen, war eine Bauchentscheidung. Als ich dann noch die Aufnahmeprüfung bestanden hatte, war ich total glücklich, in die Großstadt Köln zu kommen, an der Hochschule zu sein. Das war eine innere Erfüllung.

1980 hast du dann an der Regionalschule Nord der Rheinischen Musikschule angefangen. Die hatte damals nur ihren Standort in Longerich, in der Grundschule Altonaer Straße. Nippes kam erst später dazu.

Ja, 1991 kam die Turmstraße dazu und 1995 wurde ich die Leiterin der Regionalschule Nord. 1980 hatte ich mein Studium als >staatlich geprüfte Musiklehrerin für Klavier und musikalische Früherziehung< abgeschlossen. Ich habe also nicht auf Lehramt studiert, sondern speziell für Musikschulen. Während meines Studiums kam der neue Studiengang >Allgemeine Musikerziehung< dazu mit dem Schwerpunkt >musikalische Früherziehung<. Den habe ich belegt, weil ich mir damit bessere Berufschancen ausrechnete.

Das hat nach dem Studium tatsächlich auch gut funktioniert.

Ja, der damalige Direktor der Rheinischen Musikschule Peter Lachmund hat jemand genau für meine Fächerkombination Klavier und musikalische Früherziehung gesucht. Das ging damals los mit Kindern ab fünf Jahren, aber wir haben das Angebot ganz schnell auf die Vierjährigen ausgeweitet und mittlerweile gibt es die Musikzwerge für Kinder ab einem halben Jahr. Das hat sich im Laufe der zurückliegenden Jahre entwickelt, denn Eltern möchten ihren Nachwuchs so früh wie möglich fördern. Die Musikschule hat sich immer an den Bedürfnissen ihrer Kunden orientiert. Das macht den Beruf so abwechslungsreich. In der Regionalschule Nord haben wir rund 1.300 Schülerinnen und

Schüler, die von mehr als 50 Lehrenden unterrichtet werden.

Die Musikschulen waren, ähnlich wie die Volkshochschule, immer beliebt und nachgefragt, aber die Lehrenden wurden schlecht bezahlt.

Das stimmt, aber das hat sich jetzt gerade geändert, und das ist so eine Revolution und so ein irrer Erfolg, über den ich mich riesig für meine Kolleginnen und Kollegen freue. Denn vorher waren wir in TVÖD und Honorarlehrer gespalten. Das heißt, es gab Festangestellte mit >Tarifverträgen des öffentlichen Dienstes< wie mich und Honorarkräfte, die nur für ihre Unterrichtsstunden bezahlt wurden und in den Ferien nichts verdienten. Zudem gab es lange Zeit einen Einstellungsstopp für Festangestellte. Aber die Nachfrage wuchs stetig und die Zahl der schlecht bezahlten Honorarkräfte wurde immer größer. Das war ein unhaltbarer Zustand. Dann haben sich die Betroffenen im „Forum für Honorarkräfte" zusammengeschlossen, um sich für ihre Belange gegenüber Politik und Verwaltung gemeinsam einzusetzen. Das hat rund eineinhalb Jahre gedauert, aber es war sehr erfolgreich. 35 Kolleginnen und Kollegen haben eine Festanstellung erhalten und die Honorarkräfte werden besser bezahlt.

Wie geht es für dich nach dem Ende des Berufslebens weiter?

Dann fängt ein neues Leben an (lacht). Ich habe meinen Beruf geliebt. Das ist so geblieben, seit ich 13 Jahre alt bin. Aber ich möchte mich mehr um meine Familie kümmern. Meine Tochter lebt mit drei Enkelkindern in Paris und meine Mutter wohnt mit 87 noch allein in ihrem Haus in Hessen. Mir ist es zudem eine Herzensangelegenheit, Deutschland wandernd kennenzulernen. Und hier in Köln möchte ich mehr an der Kultur teilnehmen. Ich merke nur jetzt schon, dass das große Abschied nehmen mit Konzerten im Juli nicht einfach wird. Ich werde die Kollegen vermissen, denn im Laufe der Jahre haben sich sehr persönliche Kontakte bis hin zu Freundschaften entwickelt. Die Musikschule in der Turmstraße war immer wie ein zweites Zuhause für mich.

Vielen Dank für das Gespräch. Prost.

Auf ein Kölsch im Kappes mit Gaby Koof

Unter der Überschrift „Noch einmal durchgestartet“ haben wir im Herbst 2010 über Gaby Koof berichtet, die sich nach beruflich erfolgreichen Jahren als Unternehmerin ihren Lebenstraum erfüllte und eine eigene CD mit kölschen Chansons herausbrachte. Seitdem ist der Kontakt zwischen der Redaktion des Nippes-Magazins und der Sängerin nicht mehr abgerissen. 2016 kam ihre zweite CD mit dem Titel „An ming Fründe“ auf den Markt. Jetzt ist wieder Zeit für ein Interview, denn Musik sei ihr Lebenselixier, sagt die 64-Jährige, deren Heimat seit fast 40 Jahren Nippes ist.

Gaby, mehr als acht Jahre liegt unser erstes Interview zurück. Was ist seitdem passiert?

Uff, das ist eine lange Zeit und ich bin nicht nur acht Jahre älter geworden, was nicht schlimm ist, sondern vor allem acht Jahre reicher an Erfahrung. Und vor allen Dingen ist musikalisch ganz viel passiert.

Dein Ziel war nie, die großen Hallen zu füllen, aber du hast kontinuierlich an deiner musikalischen Entwicklung weitergearbeitet.

Als ich mich nach dem Ende des Berufslebens auf das Hobby Musik konzentriert habe, wusste ich noch nicht genau, wohin ich will. Ich habe mein Leben lang gerne gesungen, als Kind schon die Mundorgel rauf und runter, aber im Berufsleben hatte ich kaum Zeit dafür, obwohl ich schon seit 20 Jahren Gesangsunterricht nehme. Und Auftritte mit einer eigenen Band habe ich mir mein ganzes Leben gewünscht. Die Idee war dann, das Publikum, außerhalb des Karnevals, mit Chansons in kölscher Sprache zu unterhalten mit schönen, reifen Texten aus dem Alltag, dem Leben, der Familie. Aber mich haben auch die 1970er und 80er Jahre musikalisch geprägt, und so interpretiere ich neben den eigenen Stücken gerne auch mal Lieder des Franzosen Jacques Brel, des chilenischen Sängers Victor Jara und auch von Udo Lindenberg.

Aber hat sich dein Repertoire im Laufe der Jahre verändert?

Mein Repertoire ist natürlich viel größer geworden, hat sich aber vom Stil her nicht großartig verändert. In unserem ersten Interview habe ich gesagt, dass ich gerne op Kölsch singe, weil ich damit Gefühle besser ausdrücken kann. Mittlerweile sehe ich das etwas anders. Meine Lieder sind sozusagen Klangträger für Sprache und Kölsch ist eine davon und eine sehr melodische. Aber ich kann meine Gefühle durchaus auch in Spanisch, Französisch oder Hochdeutsch ausdrücken.

Aber wenn ich kaum etwas vom Inhalt der Lieder verstehe, kommt dann überhaupt musikalischer Genuss auf?

Doch, das klappt, aber dafür brauche ich den kleinen Rahmen, die Nähe zum Publikum. Meistens kündige ich meine Lieder mit einer Inhaltsangabe an, manchmal reicht auch nur ein kurzer Satz. Und wenn ich singe, dann berühre ich die Menschen um mich herum. Das motiviert mich, Kontakt zum Publikum aufzubauen. Uns beiden, meinem Publikum und mir, gefällt diese Nähe, die dann zu einem ganz intensiven Konzerterlebnis wird. Ich erzähle ja Geschichten mit meinen Liedern, mit denen ich mich ganz stark identifiziere, mit denen ich aber auch anderen Menschen Mut machen will, wie beispielsweise beim Thema älter werden; trotz der Melancholie, die in vielen Liedern mitschwingt. Ich habe jedenfalls festgestellt, dass Plüsch, Samt und Rotwein mir besser stehen als Brauhaus und Bier. Ich weiß nach all den Jahren, dass ich mit dieser Mischung aus vier Sprachen in meinen Liedern angekommen bin. Dazu kommt, dass ich Fremdsprachen liebe, sie mir wirklich zufallen. Aber es war ein weiter Weg bis zu dieser Erkenntnis, und das hat seine Zeit gedauert.

Welche musikalischen Ziele hast du noch für die Zukunft?

Zurzeit gebe ich mit meinem Klavierspieler Andreas Lasonczyk ein Dutzend Konzerte im Jahr. Das würde ich gerne ausbauen, und würde auch gerne mehr im Umland auftreten. Denn hier in Köln sind die Lokalitäten für kleine Konzerte schnell erschöpft. Das fing in diesem Jahr tatsächlich schon gut an, wir haben gleich drei Konzerte in der Schloss-Destille in Zons in diesem Jahr. Was wir weiterhin machen werden, sind Auftritte auf privaten Feiern. Und dann würde ich mal gerne mit einem richtig großen Orchester auftreten.

Angst auf der Bühne kennst du nicht?

Nein, die habe ich tatsächlich nicht, denn ich fühle mich auf der Bühne so gut aufgehoben zusammen mit meinem Klavierspieler Andreas Lasonczyk, den ich an dieser Stelle unbedingt einmal loben muss. Dieser Mann ist ein Geschenk, so zuverlässig und so akribisch in seiner Arbeit.

Auftritte betrachtest du auch als eine Art von Festtag, habe ich gelesen.

Ja, weil ich mich gern verkleide, mich gern schick mache für die Bühne, und dann ist so ein Auftritt ein Festtag für mich. Und in den letzten Jahren ist das Schauspielern dazugekommen. Ich schlüpfe gern in andere Identitäten wie beim Lied von Charles Aznavour ´Du lässt dich gehe'n`, wenn ich da plötzlich mit Kittelschürze auf der Bühne stehe. Das hat schon fast etwas Kabarettistisches und macht mir riesengroßen Spaß.

Wir haben bis jetzt ganz viel über die Musik gesprochen. Letzte Frage: Was bedeutet dir Nippes?

Nippes ist seit fast 40 Jahren mein Zuhause. Dadurch kenne ich natürlich viele Menschen hier, und freue mich, dass zurzeit so viele junge Familien nach Nippes ziehen. Das ist schön, aber ich merke auch, dass ich in einer Großstadt lebe, und die Nachbarn häufig nicht mehr kenne. Es ist schön und fremd zugleich. Gerne gehe ich auf den Markt, drei- bis viermal pro Woche bin ich dort und im Laufe der Zeit hat sich so manches persönliche Verhältnis zu dem ein oder anderen Aussteller oder der Ausstellerin entwickelt. Und wenn man samstags in der Schlange beim Blumenstand steht, ergeben sich oft interessante Gespräche mit netten Leuten. Über die Jahre habe ich mir in Nippes ein sehr liebevolles, persönliches Netzwerk aufgebaut. Das ist auch ein Stück Heimat für mich.

Vielen Dank für das Gespräch. Prost.

Auf ein Kölsch im Kappes mit dem Köbes

Vor sieben Jahren startete unsere Interviewreihe im Brauhaus „Em golde Kappes“. Da war es längst überfällig, einmal einen Köbes zu Wort kommen zu lassen. Der Zufall brachte uns mit Dirk Faßbender (51) zusammen, dessen Gesicht bekannt ist aus der Werbung für das Brauhaus in Nippes. Und dann zeigt er uns noch seinen Kranz mit der Zahl 111. Schöner kann ein Interview mit einem Köbes nicht beginnen.

Herr Faßbender, hat das eine besondere Bewandtnis mit der Zahl 111?

Nein, das ist reiner Zufall. Hier im Brauhaus hat jeder Köbes seinen eigenen Kranz und meiner hat nun mal die Nummer 111.

Können Sie überhaupt noch unerkannt über die Straße gehen?

Dass ich auf der Werbung für die Früh-Brauerei abgebildet bin, war auch wieder nur Zufall, aber ich werde schon oft darauf angesprochen. Und kürzlich ging ich mit meinen beiden Kindern durch Köln und da rief jemand „Eh Köbes, zwei Kölsch". Da muss sich meine Familie schon dran gewöhnen.

Wie lange arbeiten Sie schon als Köbes?

Ziemlich genau seit sieben Jahren und so lange auch schon bei der Früh-Gastronomie. Ich bin Quereinsteiger.

Das müssen Sie genauer erklären. Was haben Sie vorher gemacht?

Ich war jahrelang selbständig, im Metallbau, aber dann brauchte ich eine radikale Veränderung im Leben und weil das mit dem Surfen auf den Weltmeeren nicht funktioniert hat, war mein Ziel, in der Gastronomie zu arbeiten. Da hatte ich von Anfang an eine genaue Vorstellung: Ich wollte Köbes in einem guten, renommierten Unternehmen werden.

Was muss ein guter Köbes mitbringen?

Der Beruf muss Berufung sein. Man darf sich nicht verstellen. Man muss Situationen schnell erkennen können und ein Gespür dafür haben, wo man einen Spruch raushauen kann, was ja auch viele Gäste erwarten, und bei wem man sich zurückhalten muss. Aber ein Spruch darf nie unter die Gürtellinie gehen.

Aber es ist doch auch ein anstrengender Job?

Ja, man legt schon ein großes Laufpensum zurück und die Teller und die vollen Kränze sind nicht gerade leicht. Man muss schon in seiner Schicht voll konzentriert sein, immer den Überblick haben und für einen schnellen und zügigen Ablauf sorgen. Das Brauhaus ist hier in vier Stationen aufgeteilt und wir bedienen immer wieder auf anderen Stationen. Wir sind elf Leute im Service, 20 arbeiten hier insgesamt und wir sind schon ein sehr beständiges Team. Das hat sich bewährt, wir wissen, was die Stammgäste wollen. Wir sind eben eine traditionelle Veedelskneipe.

Gibt es auch Jahreszeiten, wo Sie nicht gerne Köbes sind?

Nein, es gibt keine schlechten Zeiten. Wir arbeiten dann, wenn andere frei haben. Wir sind Dienstleister und das muss in einem drin stecken.

Dann können Sie wahrscheinlich dem Ausspruch, den ich im kölschen Wörterbuch von Adam Wrede beim Stichwort Köbes gefunden habe, zustimmen: mät jene ene Wetz/es mänchmol jet spetz/doch immer alät (munter)/un es et och spät.

Ja, das passt. Es ist eine Verpflichtung, es so zu handhaben.

Ist die Gefahr eigentlich groß, in so einem Beruf zum Alkoholiker zu werden?

Früher war die Gefahr größer. Heute ist es verboten, im Dienst Alkohol zu trinken. Früher war es normal mitzutrinken.

Hat sich das Auftreten des Köbes gewandelt?

Ja schon, denn auch die Gesellschaft hat sich gewandelt. Heute sage ich zu einem Gast, der ein Wasser bestellt, ob ich wie ein Bademeister aussehe und ihm gleich noch die Schwimmflügel servieren solle. Früher hätte er wahrscheinlich überhaupt kein Getränk bekommen. Ein Brauhaus soll ein Brauhaus bleiben, aber wenn Gäste beispielsweise aus Baden-Württemberg eine andere Vorstellung haben, irritiert sind, wenn man sie gleich duzt, dann müssen wir uns darauf einstellen. Aber die kölsche Art soll natürlich beibehalten bleiben. Und im Zuge der sozialen Medien muss man auch so manche Klippe umschiffen, denn man wird schnell gebrandmarkt. Wenn ein Gast nach dem Besuch im Internet schreibt „die Sülze war kalt“, tja, dann kann ich allerdings nur mit den Schultern zucken.

Was macht Ihnen Spaß an ihrem neuen Beruf?

Die Vielschichtigkeit der Gäste. Hier kommt jeder rein, vom Lagerist bis zum Oberstaatsanwalt und auch viele Promis, seien es Schauspieler oder Musiker der Höhner oder der Bläck Fööss.

Aber jeder wird gleich behandelt. Alle möchten ja nur in Ruhe ihr Bier trinken.

Köbes ist ja mehr als ein Kellner. Da steckt Tradition dahinter schon aufgrund der Kleidung mit blauer Strickjacke, dunkelblauer Schürze und der Geldtasche. Und Köbes ist die kölsche Form von Jakob und geht angeblich auf die Jakobspilger zurück, die im ausgehenden Mittelalter gerne in den Gaststätten angestellt wurden, weil sie so viel von ihren Reisen zu erzählen hatten. Spürt man etwas von dieser Tradition, wenn man ein Köbes ist?

Jeder, der länger in dem Beruf arbeitet, und dann als Köbes angesprochen wird, dem tut es schon gut, zu dem Club zu gehören.

Was wünschen Sie sich für die Zukunft?

Ich wünsche mir, dass die Traditionsgasthäuser, die die Früh-Brauerei in den letzten Jahren übernommen hat, in der Form erhalten bleiben. Und ich wünsche mir, dass die Menschen bei dem heutigen Stress und Trubel im Brauhaus eine Insel finden, wo sie in Ruhe essen und trinken können, sich ganz normal unterhalten können, ohne dass im Hintergrund Musik ertönt. Ich möchte schon, dass diese Tradition beibehalten wird.

Letzte Frage: Waren die Kollegen enttäuscht, weil wir Sie für das Interview ausgesucht haben?

Ach nein, aber das kann ja nur der Gutaussehende machen.

Vielen Dank für das Gespräch. Prost.

Auf ein Kölsch im Kappes mit Zita Jenniges

Nach mehr als 40 Jahren als Bibliothekarin bei der Stadt Köln hat Zita Jenniges im Sommer ihren Dienst beendet. Seit 1997 leitete sie die Stadtteilbibliothek in Nippes. Die größte der elf Kölner Stadtteilbibliotheken ist unter ihrer Leitung zugleich die erfolgreichste geworden. Jetzt beginnt ein neuer Lebensabschnitt für die 64-jährige, gebürtige Kölnerin.

Frau Jenniges, Sie mussten noch nicht gehen, Sie wollten. Sie hätten noch knapp zwei Jahre bis zur Rente gehabt.

Das stimmt, aber ich fühle mich noch fit und jung, um in anderen Bereichen noch etwas zu bewegen. In den 40 Jahren, die ich bei der Stadt als Bibliothekarin gearbeitet habe, habe ich alles gemacht, was mir wichtig war. Jetzt fange ich noch einmal etwas Neues an.

Und wie sieht das Neue aus?

Ich habe ein ganz besonderes Projekt im Sinn: Re-Design von alten Kleidern. Ich kann ganz gut nähen, und es macht mir Spaß, aus abgelegter Kleidung wieder etwas Neues zu schaffen. Am liebsten würde ich in Workshops auch andere Menschen für diese Idee begeistern. Darüber hinaus möchte ich mich mehr um Haus und Garten kümmern, mich beim Projekt ›Essbare Stadt‹ engagieren, mehr Zeit mit meinem Partner verbringen. Und ich habe mittlerweile zwei Enkelkinder, die sieben und drei Jahre alt sind. Ich bin schon gut ausgelastet.

Trotzdem ist Ihnen der Abschied von ihrer Arbeitsstelle in Nippes schwergefallen.

Ja, die letzten Wochen waren ein Wechselbad der Gefühle. Vorfreude auf die Zeit nach dem Erwerbsleben und Trauer über den Abschied. Die Stadtteilbibliothek in Nippes war schon ein Glücksfall für mich und ich werde den Kontakt halten. Zum Abschied habe ich mir selber ein Fotoalbum meines Berufslebens zusammengestellt.

Zur Jahrtausendwende sind Sie aus den alten Räumen der Bücherei in der Blücherstraße ins damals neue Bezirksrathaus umgezogen und hatten dreimal so viel Platz wie vorher. Das waren doch traumhafte Verhältnisse?

Ich hatte das große Glück, dass ich die Organisation des Umzugs und die Einrichtung der Räume mit planen durfte. Wir hatten genügend Geld zur Verfügung und konnten von den Möbeln bis zu den Pflanzen alles neu kaufen. Es hat mir schon immer Spaß gemacht, Räume einzurichten. Hier hatte ich die Idee umgesetzt, dass Formen und Farben immer der Funktion folgen müssen. Das hat sich bis heute bewährt, und die Einrichtung, nur Buchenmöbel, wirkt noch immer wie aus einem Guss und ergibt ein harmonisches Bild. Selbst das Farbkonzept mit Ultramarinblau und Grau Aluminium ist noch immer dasselbe.

Das klingt schon sehr professionell und durchdacht.

Na ja, bis dato hatte ich ja schon zwanzig Jahre in verschiedenen Stadtteilbibliotheken gearbeitet. Ich wusste, was nötig war.

Bücher, und damit auch Buchausleihstellen, werden immer mal wieder als Auslaufmodelle betrachtet. Die Zweigstelle Nippes hat knapp 7.000 Mitglieder und ist die größte Zweigstelle in Köln mit den meisten Nutzungen. Wie sehen Sie die Zukunft?

Um die Bibliotheken muss uns nicht bange werden. Wir haben seit Jahren steigende Nutzungen in Nippes, das heißt, dass nicht nur Bücher oder DVDs ausgeliehen werden, sondern wir den Nutzern Informationen zur Verfügung stellen.

Aber das Verhalten der Nutzerinnen und Nutzer von Bibliotheken hat sich schon geändert?

Es hat sich durch die Digitalisierung verändert. Der Sachbuchbestand ist leicht zurückgegangen. Sachinformationen werden jetzt viel mehr online gesucht. Bibliotheken stellen dafür beispielsweise Online-Portale zur Verfügung, die linzenzpflichtig sind. Die Hauptstelle der Stadtbibliothek am Neumarkt stellt sichere Internetadressen zu bestimmten Themen zusammen. Denn im weltweiten Netz ist einfach viel Gutes und auch Schlechtes unterwegs. Wir stellen Sachinformationen jetzt anders zur Verfügung. Und die Bibliotheken sind zu Treffpunkten geworden.

Das müssen Sie genauer erklären.

Schülerinnen und Schüler verabreden sich zum Lernen, Arbeitsgruppen treffen sich hier, und es gibt ältere Leute, die kommen jeden Tag, lesen Zeitung, schauen ins Internet. Für die ist die Bibliothek wie ein Wohnzimmer.

Darüber hinaus gibt es immer mehr Veranstaltungen hier in Nippes, aber auch in der Zentrale am Neumarkt.

Das ist auch anders geworden, das große Angebot an Veranstaltungen. Schon seit acht Jahren kommen in Nippes regelmäßig jeden Dienstag die Strickmamsellcher, die zusammen stricken. Neu sind die Bücherbabys, eine literarische Krabbelgruppe. Eltern mit Kindern ab drei Monaten treffen sich zum Singen und Spielen. Die Rheinische Musikschule aus dem Kölner Norden hat regelmäßig Konzerte gegeben und es gab schon einen Manga-Workshop. Im Rahmen der Neugestaltung haben wir damals 40 Tische und 80 Stühle angeschafft. Am Neumarkt ist die Leiterin Dr. Hannelore Vogt sehr rührig. Die Kölner Stadtbibliothek war 2015 ›Bibliothek des Jahres‹. Köln hat diesbezüglich eine Vorreiterfunktion in Deutschland. Hier gab es zuerst einen 3D-Drucker, es gibt im MakerSpace jetzt die MakerKids, Workshops für kreative Prozesse speziell für Kinder. Das ist wirklich innovativ.

Und vor 15 Jahren standen die Stadtteilbibliotheken in Köln sogar vor dem Aus.

Ja, es gab den Vorschlag, alle Zweigstellen zu schließen. Damals befand sich Köln in einer Finanzkrise und Bibliotheken sind eine freiwillige Leistung der Kommunen. Wenn das Geld knapp wird, wird dort als erstes gekürzt. Deshalb fordern wir seit Jahrzehnten ein Bibliotheksgesetz, das die freiwillige Leistung zur Pflichtaufgabe macht. 2003 sollte der Rat also über die Schließung abstimmen, aber dann ging ein Aufschrei durch die Viertel. Es gründeten sich Fördervereine, Unterschriften wurden gesammelt und dann wachte der Rat auf und merkte, dass die Bürger keine Schließung wollen. Der Vorschlag wurde zurückgenommen und seitdem geht es nur noch aufwärts.

Bevor ich mich bei Ihnen für das Gespräch bedanke, wollten Sie aber auch noch Danke sagen.

Ja, ich möchte mich an dieser Stelle ganz herzlich bei meinem vierköpfigen Team bedanken. Denn ohne ihre Freundlichkeit, ihrer Freude an der Arbeit und ihre Fachkompetenz hätte Nippes nicht diese Erfolgsgeschichte erleben können. Mein Dank gilt natürlich auch den neun Ehrenamtlichen, die uns unterstützen. Sie alle tragen die Bibliothek und sorgen für die schöne Atmosphäre, die die Kunden bei uns so schätzen.

Vielen Dank für das Gespräch. Prost.

Nippes-Magazin

Auf ein Kölsch im Kappes mit Christiane Blut

In diesem Jahr feiert Christiane Blut das 20-jährige Bestehen ihres Buchladens, der Buchhandlung Blücherstraße. Seit 37 Jahren arbeitet die in Longerich aufgewachsene Buchhändlerin in Nippes und gehört seit 2002, seit der Gründung des Bürgervereins >Für Nippes<, zum Vorstand. Genug Gründe, um mit einem Kölsch im Brauhaus anzustoßen.

Christiane, im Zuge deines Geschäftsjubiläums nannte dich eine Kundin das „buchhändlerische Urgestein" von Nippes. Das trifft es doch, oder?

Ich finde die Bezeichnung sehr witzig und arbeite tatsächlich schon mehr als eine Generation, also mehr als 30 Jahre, im Buchhandel hier in Nippes. Ich bin selbst überrascht, wie die Zeit vergeht. Doch der Stadtteil ist so vielseitig, immer im Wandel und hält mich daher auf Trab und jung.

Wie hat sich Nippes in den zurückliegenden Jahrzehnten ver-

ändert?

Nippes war und ist immer sehr in Bewegung und jetzt gerade findet ein Generationenwechsel statt. Junge Familien rücken nach. Ich habe selber zwei Kinder, die hier in Kita und Schule gegangen sind. Mittlerweile habe ich zwei Enkelkinder und erlebe mit, dass Nippes ein Stadtteil für junge Familien geworden ist. Nur leider ist der Wohnraum für manche Familien nicht mehr bezahlbar.

War Nippes vor 30 Jahren noch eher ein Arbeiterviertel?

Nippes war ein politisch links orientiertes Viertel mit viel politischem Engagement. Es gab Demonstrationen, Hausbesetzungen und Aktionen im Rahmen der Friedensbewegung. Heute sind die Menschen nicht mehr so politisch wie damals. Aber dennoch: Nippes ist ein toller, lebendiger und kunterbunter Stadtteil.

Sind wir denn hier auf einer Insel der Glückseligen, weil wir drei Buchhandlungen vor Ort haben, davon zwei, die von Inhaberinnen geführt werden?

Die Nippeser sind begeisterte Leserinnen und Leser, so dass sich hier drei Buchhandlungen halten können. Ich freue mich, dass zum 20-jährigen Bestehen der Buchhandlung Blücherstraße so viele an unseren Veranstaltungen teilnehmen. Die Kultur wird in Nippes gut angenommen.

Was macht dir nach all den Jahren noch immer Spaß an deinem Beruf?

Einerseits fühle ich mich mit meinen Kundinnen und Kunden hier in Nippes wohl und andererseits bin ich in dem Beruf immer am Puls der Zeit, und das auf allen Ebenen.

Das musst du genauer erklären.

Bücher spiegeln aktuelle Themen wider und damit haben wir täglich zu tun, sind also immer auf dem Laufenden. Zudem ist der Beruf der Buchhändlerin vielschichtig und kreativ. Wir haben viel mit Menschen zu tun und kommen über Literatur mit ihnen ins Gespräch. Kreativität ist beispielsweise bei der Präsentation der Bücher gefragt. Durch unsere große Kinderbuchabteilung bin ich immer in Kontakt mit jungen Menschen und mit Kindern. Über die Zeit habe ich viele kleine Kunden erlebt, wie sie groß wurden, selbst Familie haben und nun mit ihren eigenen Kindern zu mir kommen. Ich habe sie ein Stück ihres Lebens begleitet und kenne dadurch mittlerweile ganze Lebensgeschichten.

Lesen Kinder und Jugendliche heute weniger Bücher als früher?

Es gibt eine Phase zwischen 13 und 17 Jahren, da wird weniger gelesen, weil in dieser Zeit der Selbstfindung andere Dinge wichtiger sind. Und die modernen Medien wie Smartphone oder Internet schlucken zudem wertvolle Zeit. Es ist aber deutlich zu merken, wenn Eltern ihre Kinder an Bücher heranführen. Wer liest, hat einen anderen Wortschatz, ein anderes Verständnis für die Zusammenhänge des Lebens. Das merkt man sofort.

Anderes Thema: Du bist seit 2002, seit Gründung des Bürgervereins >Für Nippes< im Vorstand. Wie schafft man das?

Ich hatte mich mit meinem Laden gerade selbständig gemacht und wollte mich im Stadtteil engagieren. Mir ist es wichtig, dass die kleinen Geschäfte hier im Viertel bleiben, trotz der Konkurrenz im Internet. Denn wie sähe Nippes aus, wenn die vielen kleinen Läden dicht machen würden? Das wäre doch vollkommen trostlos. Und gerade Bücher im Internet zu bestellen, macht keinen Sinn, weil es doch die Buchpreisbindung gibt. Die sind weder billiger noch schneller im Haus. Wer bei uns Bücher bestellt, kann sie am nächsten Tag im Laden abholen. Und dass ich seit Gründung ununterbrochen im Vorstand des Bürgervereins bin, liegt wohl daran, dass es immer neue und wichtige Themen im Verein gibt, für die sich ein Engagement lohnt.

Zu deinem Engagement fürs Viertel passt auch, dass dein Laden Anlaufstelle für Kulturevents in Nippes ist.

Ja, hier gibt es Tickets für die Kulturkirche und den Klangraum Kunigunde und in der Vergangenheit für das Bürgerzentrum. Der Kontakt mit Thomas Diederichs von der Kulturkirche und Hinnerick Bröskamp vom Klangraum ist toll. Wir tauschen uns aus, man hilft sich gegenseitig und unterstützt sich und klüngelt auch ein bisschen miteinander. Das finde ich sehr schön und bereichernd.

Denkst du ans Aufhören?

Im Moment ist das noch kein Thema für mich. Ich arbeite so lange als Buchhändlerin, solange es mir Spaß macht und es mir gut geht. Mein Wunsch für die Zukunft ist es, jemand zu finden, der oder die bei mir einsteigt und nach und nach die Buchhandlung übernimmt.

Vielen Dank für das Gespräch. Prost.

Auf ein Kölsch im Kappes mit Dr. Jürgen Zastrow

Dr. Jürgen Zastrow (63) ist durch und durch Riehler und hat, bis auf kurze Zeiten im Ausland, immer dort gewohnt. Über Umwege kam er zum Medizinstudium und hat sich 1989 als Facharzt für Hals, Nasen und Ohren (HNO), natürlich in Riehl, niedergelassen. Seit zehn Jahren ist er auch an einer großen Facharztpraxis in Nippes beteiligt. Seit 25 Jahren engagiert sich der dreifache Familienvater in verschiedenen berufspolitischen Verbänden.

Herr Dr. Zastrow, wie wird man als Facharzt, der seinen Job gerne macht, Funktionär, um sich in Berufsverbänden zu engagieren?

Durch Zufall und aufgrund der Tatsache, dass ich anständig rasiert zur Mitgliederversammlung des Bundesverbands >Ambulantes Operieren< gekommen war.

Das klingt kurios. Das müssen Sie genauer erklären.

Das war 1993 bei besagter Mitgliederversammlung in Bonn, die ich aus Neugier besucht habe. Ich habe damals ja schon ambulant operiert und das war im Bereich HNO neu. Im Verband fehlte eine Vertretung der HNO-Ärzte, und das wollte ich ändern. Genau auf dieser Versammlung bin ich dann als Neuling ganz schnell in den Vorstand gewählt worden. Eine Frau aus dem Vorstandsriege schlug mich vor, weil, wie sie mir später sagte, ich eben anständig rasiert und gekleidet war.

Aber hinter Ihrem jahrelangen Engagement steckt doch noch mehr als nur der Zufall?

Ja sicher. Ich habe 1973 auf dem Blüchergymnasium Abitur gemacht und war, auch als Gegenposition zu meinem sehr konservativen Vater, eher links und fühlte mich als Teil der Sozialbewegung. Ich bin ein von der Moral getriebener Mensch und wenn mir einfällt, was ich ändern kann, dann will ich das auch machen. Ich habe eine große Stärke: Ich kann eine Rede mit Emotionen rüberbringen und kann Menschengruppen beeinflussen. Und das, was ich gut kann, will ich zum Wohle der Menschen einsetzen.

Was haben Sie für Ihren Berufsstand in der langen Zeit erreicht?

In meiner Funktion als Vorsitzender der Kreisstelle Köln der Kassenärztlichen Vereinigung Nordrhein habe ich es geschafft, die Geflüchteten, die in Köln leben, in das deutsche Krankenkassensystem zu integrieren. In Syrien gibt es zum Beispiel keine niedergelassenen Ärzte. Da läuft alles über die Krankenhäuser. Unser System kannten die Menschen gar nicht, die bei uns ankamen. Aktuell geht es um das Thema Notfallambulanzen der Krankenhäuser. 80 Prozent aller Fälle, die dort ankommen, gehören mit ihren Symptomen gar nicht dorthin.

Warum ist das so?

Weil sich das Arztbild geändert hat. Heute konsumieren junge Menschen Medizin. Zu jeder Tages- und Nachtzeit soll eine Behandlung verfügbar sein. 20 Prozent aller Fälle, die sich in der Notfallambulanz melden, waren am selben Tag schon beim Arzt. Da bekommt der Begriff Zweitmeinung eine ganz andere Färbung. Es ist ein starker Trend von der Regel- zur Notfallsprechstunde zu beobachten. Ich werde wütend auf die Menschen, die unser Gesundheitssystem missbrauchen.

Wie wollen Sie das ändern?

Zum Beispiel mit einer Gebühr von zehn bis 20 Euro und dem konsequenten Trainieren.

Was heißt das?

Es gibt die sogenannte Manchester Triage. Da werden die Patienten bei der Aufnahme in der Notfallambulanz befragt, um eine möglichst objektive Einschätzung zu bekommen, wie dringlich der Fall ist. Es gibt die Ampelfarben rot, gelb und grün von dringend bis kann warten. Wir wollen zwischen gelb, was einer Wartezeit von zehn Minuten entspricht, und grün noch grau und blau einführen, um die Bedarfe noch genauer einschätzen zu können.

Wie war Ihr Weg zum Medizinstudium?

Ich hatte ein ziemlich schlechtes Abitur und gleichzeitig mit 16 Jahren die Vision, einen Beruf zu ergreifen, der sinnvoll ist. Ich komme aus einer Familie mit vielen Selbständigen und mein eigener Herr zu sein, das wollte ich auch. Und weil ich Menschen liebe, das Gespräch und die Kommunikation, erschien mir der Arztberuf das Richtige zu sein.

Vorher haben Sie noch den Umweg über die Bundeswehr genommen, anstatt den Dienst an der Waffe zu verweigern.

Die Belastung des Dienstes in der Bundeswehr habe ich unterschätzt, aber für mich galt: Wer soll die Bundeswehr verändern, wenn nicht wir? Ich hatte zudem den Satz verinnerlicht, dass wenn du etwas ändern willst, musst du den langen Marsch durch die Institutionen antreten. Aber meine basisdemokratischen Vorstellungen stießen nicht immer auf Gegenliebe und so wurde ich, mit dem Besen in der Hand, zum Fegen des

Hofes abkommandiert. Auch hier legte ich Wert auf gepflegte Kleidung und trug meinen Dienstanzug, was mir viel Aufmerksamkeit einbrachte. Später machte ich dann die Offiziersausbildung, war dann Fachlehrer für innere Führung und Recht und habe den Staatsbürger in Uniform vorgelebt. Anschließend habe ich noch eine Ausbildung bei Klöckner Humboldt Deutz für den Management-Nachwuchs absolviert und schließlich im Nachrückverfahren einen Studienplatz in Medizin erhalten. Da war ich schon 23 Jahre alt und habe dann ziemlich schnell studiert. Ich gebe ehrlich zu, dass ich auch in viele Situationen reingestolpert bin.

Warum wurden Sie Facharzt für Hals, Nasen und Ohren?

HNO ist ein spannendes Fachgebiet. Mich interessierte auch die Herzchirurgie, aber nach einem Aufenthalt in Houston/Texas war mir die Arbeit in den hiesigen Krankenhäusern mit der starken Hierarchie ein Gräuel. Was mir dagegen sehr geholfen hat bei meiner Arbeit als Arzt, war mein schauspielerisches Engagement. Ich bin während des Studiums in Köln bei der Studiobühne aufgetreten und war Mitglied im Mediziner-Zirkus. Wir waren bei mehreren Karnevalsveranstaltungen dabei und sind auch im Fernsehen aufgetreten.

Welchen Nutzen hat das für Ihre tägliche Arbeit?

Es schult die Fähigkeit, sich in andere Menschen einzufühlen. Jeder Arztbesuch ist doch ein Auftritt. Es kommt doch immer darauf an, wen ich wie anspreche. Ein Jahr Schauspielerei würde jedem Arzt guttun, und ich würde mir viel mehr Ärzte wünschen mit einem beeindruckenden Auftritt und der Botschaft: Du wirst gesund!

Vielen Dank für das Gespräch. Prost.

Auf ein Kölsch im Kappes mit Janine Koppelmann

Für viele Bürgerinnen und Bürger in Nippes ist die ›Galerie Koppelmann-Kunstwerk Nippes‹ für zeitgenössische bildende Kunst und Fotografie in der Baudristraße immer noch eine unbekannte Größe. Dabei betreiben Ingrid (72) und Janine Koppelmann (40) die Galerie schon seit neun Jahren und sind fester Bestandteil der Kölner Galerie-Szene.

Frau Koppelmann, wie wird man Galeristin?

Das kann ich gar nicht genau sagen. Ich bin in die Fußstapfen meiner Mutter getreten, die Ende der 1970er Jahre eine Galerie für zeitgenössische Kunst in Köln eröffnet hat. Ich bin sozusagen in die Kunst und die Kunstszene hineingeboren worden und mein Beruf ist auch zugleich eine Berufung für mich.

Was macht Ihre Arbeit aus?

Es ist so vielfältig. Es geht ja nicht nur darum, die Werke von den acht Künstlern, die unsere Galerie vertritt, zu verkaufen. Ich vermittle Kontakte zu Museen und Festivals, zu anderen Galerien im Ausland, stehe im Austausch mit Kuratoren, die Ausstellungen planen, und wir überlegen gemeinsam, wie Künstler präsentiert werden können. Und die Arbeit reicht bis zu Beiträgen, die ich für Kataloge verfasse und dazu auch das Fotomaterial besorge. Denn Kataloge sind immer noch wichtig für Künstler, weil sie nachhaltig sind. Eine Ausstellung ist am Ende zu Ende.

Warum haben Sie und Ihre Mutter und am Anfang auch noch Ihre Schwester Viviane eine Galerie in Nippes eröffnet?

Weil wir hier die wunderschönen Räume gefunden haben. Es war genau der richtige Ort für eine Galerie. Wir haben 80 Quadratmeter Platz und einen Innenhof, den wir im Sommer schon häufig für Lichtinstallationen genutzt haben.

Kommen viele Bürgerinnen und Bürger aus Nippes zu Ihren Ausstellungen?

Es gibt immer noch Leute, die uns entdecken und dann mit strahlenden Augen rausgehen. Teils sind wir noch ein Geheimtipp, aber wir haben auch ein großes Stammpublikum, das weit gefächert, aber sehr kunstaffin ist. Der Standort für eine Galerie ist eigentlich nicht ausschlaggebend. Wir haben keine Laufkundschaft, sondern die Besucher suchen uns sehr explizit auf und kommen sehr gerne nach Nippes.

Sie sagen, der Standort für eine Galerie sei nicht ausschlaggebend. Aber in den letzten Jahren sind viele Galeristen aus Köln nach Berlin gegangen.

Berlin ist natürlich die Hauptstadt, aber es fehlt das Umfeld. Im Rheinland und im Ruhrgebiet gibt es eine große Dichte an Museen, und viele Sammlerinnen und Sammler leben an Rhein und Ruhr. Auch die Kunstakademie in Düsseldorf hat immer noch einen sehr guten Ruf. Denn Köln war einmal von den 1970er Jahren bis in die 90er Jahre die Kunststadt und die Kunstmesse Art Cologne, die 1967 begründet wurde, die Messe an vorderster Front.

Der ehemalige Leiter des Theaters im Bauturm Gerhard Haag hat im Interview mit unserem Magazin gesagt, dass der politische Wille in dieser Stadt nicht vorhanden sei, die freie Theaterszene angemessen zu finanzieren. Gilt das auch für die Kunstszene?

Natürlich muss man Geld geben, damit sich etwas etabliert. Ich habe es sehr bedauert, dass die Halle Zehn, die Ausstellungshalle auf dem Gelände der Clouth Werke, abgerissen worden ist. Früher gab es auch viele Ateliers dort. Das ist alles weg. Damit fehlt der Raum, wo sich etwas etablieren kann. Auf der anderen Seite beobachte ich, dass viele kleine Kunsträume in Nippes öffnen. Da tut sich was. Da verändert sich was.

Was kann Kunst in und für die Gesellschaft überhaupt bewirken?

Kunst ist doch das, was uns ausmacht. Wenn ich über Kunst reflektiere, mich regelrecht an ihr abarbeite, dann setze ich mich mit mir selber auseinander. Kunst gibt es schon seit der Steinzeit, seit die Menschen in Höhlen leben und diese bemalt haben. Kunst ist ein Teil unserer Kultur und, da wiederhole ich mich gerne, es ist das, was den Menschen ausmacht.

Wenn ich die aktuelle Situation der Galerien am Ebertplatz betrachte, die die Kündigung erhalten haben, weil sich der Ort zu einem sozialen Brennpunkt entwickelt hat, ist die Kraft der Kunst in vielen Köpfen noch nicht angekommen.

Es war eine hilflose Reaktion, denn es wurden einfach Kündigungen ausgesprochen, ohne eine räumliche Alternative anzubieten. Die Galerien, es sind ja mehrere, haben sich gegenseitig beflügelt und sich in der Vergangenheit positiv auf die Situation auf dem Platz ausgewirkt. Es tut mir im Herzen leid, denn die Betreiber der Galerien haben viel Arbeit und auch Geld reingesteckt und werden jetzt dafür bestraft. Der Ebertplatz ist ein prekärer Ort, aber gerade deshalb hatte im September das Cityleaks Urban Art Festival dort auch sein Zentrum eingerichtet, um auszuloten, was eine Stadt lebenswert macht.

Im Rahmen des Cityleaks Festivals hat das Paersche Aktionslabor zusammen mit Ihrer Galerie 24 Tage lang 24 Künstlerinnen und

Künstlern den Raum für jeweils eine 24 Stunden-Performance eingeräumt. Das ist für viele Menschen, die mit Bildern aufgewachsen sind, nicht so einfach zu verstehen.

Gerade bei der Performance lernt man ganz viel über Kreativität, es verändert die eigene Wahrnehmung, das Zeitgefühl, denn das, was geboten wird, existiert jeweils nur für einen flüchtigen Moment. Das hat eine hohe Intensität zur Folge und durch unsere begrenzten Galerieräume war es noch mal spannend zu sehen, wie jeder Künstler den Raum für sich einnimmt und Grenzen auslotet. Als Zuschauer wird man zum Beobachter einer teilweise dramatischen Situation und wenn man sich darauf einlässt, wird man von der Performance gefangen. Aber wenn Sie Bilder sehen wollen, dann kommen Sie in unsere aktuelle Ausstellung Abendmahl, eine Installation des 2010 verstorbenen Künstlers Botond. Er hat die Installation, die sich mit dem Abendmahl von Leonardo da Vinci auseinandersetzt, 2009 für unsere Galerieräume geschaffen. Sie geht demnächst in eine große Sammlung nach Ungarn.

Vielen Dank für das Gespräch. Prost.

Auf ein Kölsch im Kappes mit Günter Wallraff

Mit dem Rennrad ist Günter Wallraff in zehn Minuten von seiner Wohnung in Ehrenfeld zum Interview nach Nippes gerast. „Ich bin jemand, der immer auf den letzten Drücker kommt", sagt er fast entschuldigend. „Und mittlerweile gilt für mich: Wer zu spät kommt, den belohnt das Leben." Wir treffen uns kurz nach Mittag und zum Anstoßen mit Kölsch ist es ihm da noch zu früh. Er trinkt lieber Mineralwasser.

Herr Wallraff, am 1. Oktober werden Sie 75 Jahre alt. Wird es ein großes Fest geben?

Nein, ich versuche, derartigen Feierlichkeiten zu entfliehen. Dass ich so alt geworden bin, ist kein Verdienst. Vor 25 Jahren, 1992, an meinem 50. Geburtstag habe ich nach den Ausschreitungen in Rostock-Lichtenhagen mit den Vietnamesen gefeiert, ohne ihnen zu sagen, dass ich Geburtstag hatte. An meinem 60. war ich in Afghanistan, habe dort eine Mädchenschule gestiftet.

Sie leben schon lange in Ehrenfeld, sind aber in Mauenheim aufgewachsen und haben dort die ersten 20 Jahre ihres Lebens verbracht.

Ich bin zwar in Burscheid geboren, aber das lag daran, dass meine Mutter zu der Zeit, aufgrund der Bombardierungen in Köln, bei meiner Großmutter lebte. Bis zur mittleren Reife bin ich aufs Blüchergymnasium gegangen. Ich war jeden Morgen spät dran, so dass ich den Weg von Mauenheim zur Schule immer gelaufen bin. Das war ein gutes Training.

Sie sind Enthüllungsjournalist und Schriftsteller, haben als türkischer Gastarbeiter Ali bei Thyssen malocht, waren der Reporter Hans Esser bei der Bild-Zeitung und deckten deren unlautere Arbeitsmethoden auf, seit fünf Jahren gibt es das Team Wallraff bei RTL, das verdeckt in Wirtschaftsbetrieben arbeitet und Missstände öffentlich macht. Wie hat die Schule, wie haben Lehrer Sie beeinflusst?

Ich hatte einen Deutschlehrer, dem ich viel zu verdanken habe, weil er nicht nur stur Grammatik paukte, sondern uns auch mit Schriftstellern wie Heinrich Böll, Wolfgang Borchert, Bert Brecht oder Kurt Tucholsky bekannt machte, die nicht auf dem Lehrplan standen. Und er hat meine pazifistische Grundhaltung wesentlich mitgeprägt. Dieser Lehrer hatte ein Kriegstrauma, denn er war als junger Soldat einem Erschießungskommando zugeteilt, das einen Deserteur erschoss. Dieses Trauma hat ihn bis ans Lebensende belastet.

Ihr Vater ist ganz unerwartet, nach einer Routine-Untersuchung im St. Vinzenz-Hospital, gestorben. Da waren Sie 15 Jahre alt.

Das war ein Schock für meine Mutter und mich, auch, weil er so plötzlich gestorben ist. Mein Vater hatte bei Ford gearbeitet, in der Lackhölle, wie die Arbeiter dies nannten, und hat sich dort seine Gesundheit ruiniert. Ohne Rentenansprüche waren wir richtig arm und wurden zeitweise von der Notküche der Vinzentinerinnen versorgt. Ich musste schon früh Geld verdienen, habe Zeitungen ausgetragen und hatte ein großes Revier, das von der Agneskirche bis nach Longerich reichte.

Dementsprechend hat die Schule darunter gelitten. Aber ich habe da erlebt, dass die ärmeren Leute, die damals noch in der Laubenkolonie von Flora e. V. lebten, das meiste Trinkgeld gaben. Natürlich hat diese familiäre Situation meine Arbeit beeinflusst. Die erste meiner Industriereportagen habe ich über die Ford-Werke veröffentlicht, als Arbeiter am Fließband.

Waren Sie ein guter Schüler?

Ich war ein schlechter Schüler. Außer in Deutsch, Sport und Kunst. Da hatte ich eine eins. Mir lagen die theoretischen Fächer nicht. Vielleicht eine gute Voraussetzung für meine spätere Arbeit. Ich musste es selbst erleben, konnte mich gut in andere Menschen hineinversetzen. Durch diesen Perspektiv- und Rollenwechsel konnte ich immer wieder dazulernen.

Wie sind Sie Journalist geworden?

Nach der mittleren Reife bin ich vom Gymnasium abgegangen und habe bei Gonski am Neumarkt eine dreijährige Buchhändlerlehre gemacht. Ich habe viel gelesen, lebte in der Literatur und habe diese Lehre eigentlich begonnen, weil ich so günstig an Bücher kommen konnte. Dass ich schließlich Journalist und Schriftsteller geworden bin, verdanke ich der Zeit bei der Bundeswehr. Die hat mich geprägt und aufgerüttelt. Zehn Monate habe ich kein Gewehr in die Hand genommen, weil ich gegen meinen Willen eingezogen worden war. Ich hatte meinen Antrag auf Kriegsdienstverweigerung zu spät gestellt. Die Schleifermethoden, es gab ja noch viele alte Nazis, die Schikanen der Ausbilder, die Methoden zur Willensbrechung habe ich in einem Tagebuch festgehalten, das ich unter anderem auch an Heinrich Böll geschickt habe. Er hat mich ermutigt, durchzuhalten und weiterzuschreiben. Um meine Veröffentlichung unglaubwürdig zu machen, wurde ich in die geschlossene Psychiatrieabteilung des Bundeswehrlazaretts in Koblenz eingeliefert und schließlich mit dem „Ehrentitel" „abnorme Persönlichkeit" und „für Krieg und Frieden untauglich" wieder in die Freiheit entlassen. Dort ist mir nicht hören und sehen vergangen, sondern so richtig aufgegangen.

Braucht man Mut, um sich in eine Rolle wie den türkischen Gastarbeiter Ali zu begeben und die übelsten Jobs zu machen oder als „schwarzer Deutscher“ in Deutschland zu leben? Oder als Obdachloser?

Mut allein reicht nicht. Ich habe immer wieder die Gefahr gesucht, bin nah an die Angstmacher herangegangen, auch, um eigene Ängste zu überwinden. Meine Mutter wollte mich eher zu einem angepassten Menschen erziehen.

Sie haben viele Missstände in Wirtschaftsunternehmen aufgedeckt, waren mit Dissidenten befreundet und gerieten dadurch auch automatisch in den Fokus der Geheimdienste, sie kämpfen jetzt aktuell um die Ausreise des Schriftstellers Dogan Akhanli aus Spanien zurück nach Deutschland. Haben Sie dadurch nicht das Vertrauen in den Staat und seine Organe verloren, der seine Bürger doch eigentlich schützen soll?

Nein. Ich muss konstatieren, dass wir in einem Rechtsstaat leben. Gegen meine Veröffentlichungen wurde immer wieder prozessiert, aber ich habe letztlich obsiegt. Durch Beharrlichkeit habe ich erreicht, dass die Meinungsfreiheit erweitert worden ist. Es gibt die Lex Wallraff, ein Grundsatzurteil des Bundesgerichtshofs, das besagt, dass auch Informationen, die unter anderer Identität erlangt worden sind, also Undercover, veröffentlicht werden dürfen. Es gab allerdings Phasen, da dachte ich, jetzt zermalmen sie dich. Aber ich bin Berufsskeptiker und Zweckoptimist.

Sind Sie stolz, auf das, was Sie in Ihrem Leben und mit Ihrer Arbeit erreicht haben?

Stolz ist der falsche Begriff. Ich bin zum dritten Mal glücklich verheiratet, aber meine Beziehungen haben auch unter der Arbeit gelitten. Für meine Töchter war ich oft ein abwesender Vater. Genugtuung ist das bessere Wort, denn vieles konnte ich durch meine Arbeit auch verbessern. Bei Thyssen beispielsweise gibt es keine 16 Stunden-Schichten mehr, und der Arbeitsschutz hat seitdem einen ganz anderen Stellenwert. In letzter Zeit konnte ich zum Beispiel in der Paketbranche oder in Alten- und Pflegeheimen durch Fernsehveröffentlichungen einige Besserungen durchsetzen.

Vielen Dank für das Gespräch. Prost.

Auf ein Kölsch im Kappes mit Peter Schiergen

Peter Schiergen kommt mit seinem Sohn Vinzenz (19) zum Interview, der wie einst sein Vater ebenfalls als Jockey erfolgreich ist. Schon seit zwanzig Jahren trainiert Schiergen (52) Rennpferde beim Stall Asterblüte in Weidenpesch und setzt dort seine Erfolgsgeschichte fort: Mittlerweile kann er auf mehr als 1.520 Siege zurückblicken. In seiner 15-jährigen Karriere als Jockey ging er 1.478 Mal siegreich durchs Ziel. Schiergen wohnt mit seiner Frau und seinen drei Söhnen im Alter von 15 bis 22 Jahren in Auweiler. Aber die meiste Zeit verbringt er auf der Rennbahn in Weidenpesch.

Herr Schiergen, mit fast 400 Pferden ist die Rennbahn in Weidenpesch der größte Trainingsstandort in Deutschland und Sie sind so eine Art Meistertrainer. Aber eigentlich weiß das niemand.

Wir arbeiten dort schon ein wenig im Verborgenen. Die Rennbahn ist ein grüner Fleck mitten in der Stadt, wo man sich erholen kann. Und dort lässt es sich auch gut trainieren.

Wünschen Sie sich nicht trotzdem mehr Aufmerksamkeit? Fußball dominiert die Sportberichterstattung zu Lasten aller anderen Sportarten.

Klar wünschen wir uns, dass wir mehr in den Medien vertreten sind. Zu meiner Zeit als Jockey sah das noch ganz anders aus. Jeder Sport wird durch die Medien groß, aber heute fehlen Leute wie der legendäre Sportreporter Addi Furler, der die Wahl zum ´Galopper des Jahres` erfunden hat. Die Journalisten müssten viel mehr vor Ort sein. Aber viele Informationen werden heute einfach aus dem Internet geholt.

Was macht einen guten Trainer für Rennpferde aus?

Ich beobachte die Pferde ähnlich wie ein Lehrer in der Schule seine Schüler beobachtet. Von dem einen kann ich mehr verlangen und von dem anderen weniger. Wichtig ist, dass die Pferde bereit sind zu laufen. Und Pferde sind einfacher zu trainieren als Jockeys. Pferde geben keinen Widerworte. Nein, Scherz beiseite. Ich habe 30 Angestellte im Stall Asterblüte, drei Jockeys plus meine beiden Söhne. Die Stimmung im gesamten Team muss stimmen. Das überträgt sich auch auf die Pferde. Schließlich müssen sie sieben Tage die Woche gepflegt werden. Meine Aufgabe besteht darin, die Pferde zu motivieren, schnell zu laufen und ich muss die richtigen Rennen finden, bei denen sie dann auch siegen können.

Was macht einen guten Jockey aus?

Der beste Jockey ist der, der sich in kürzester Zeit auf ein Pferd einstellen und die Stallorder umsetzen kann. Oder flexibel genug ist, beim Rennen die Order nicht mehr zu befolgen. Ein Spruch im Galopprennsport lautet: Wenn du gegen die Order reitest, musst du gewinnen.

Gibt es das beste Pferd, das sie je trainiert haben?

Das war schon Danedream. Die Stute hat 2011 den >Prix de l´Arc de Triomphe< in Paris gewonnen, das bedeutendste Galopprennen der Welt, und das auch noch in Rekordzeit. Ein Jahr später hat sie dann in Ascot das wichtigste englische Rennen gewonnen, das >King George and Queen Elisabeth Stakes<. Das hat vor ihr noch kein deutsches Rennpferd geschafft. Es ist einfach eine tolle Geschichte mit Danedream, die zu Beginn total unscheinbar war. Aber sie hat einen einmaligen Charakter und hat sich immer weiterentwickelt. Man muss eben stets gucken, ob die Tiere schnell laufen können. Da nutzt manchmal eine Super-Abstammung nichts. Das ist kein Garant für ein gutes Rennpferd.

Muss man reich sein, um Pferde laufen lassen zu können?

Das ist schon ein teures Hobby, wenn die Besitzer etwas erreichen wollen. Wenn sie Geld damit verdienen wollen, muss das Pferd gut sein und bei internationalen Rennen gut laufen. Unterbringung und Training kosten natürlich Geld.

Ich wundere mich immer über die kuriosen Namen beim Pferderennsport. Wieso heißt ihr Rennstall Asterblüte und nicht Schiergen?

Der Stall Asterblüte mit zurzeit 116 Pferden ist eine Besitzergemeinschaft und ich bin dort seit 30 Jahren angestellt. Zehn Jahre als Jockey und seit 1997, seit jetzt 20 Jahren, als Trainer. Asterblüte war eine Derbysiegerin, die Hein Bollow geritten hat. Das Derby ist das wichtigste Rennen für dreijährige Vollblüter und findet in Hamburg statt. Fünf Derbysiege habe ich schon als Trainer geschafft. Als Jockey ist mir das leider nicht gelungen.

Wie ist die Zusammenarbeit mit dem Rennverein, der die Rennbahn unterhält?

Ecki Sauren, der Präsident, kümmert sich wirklich und macht viel. Er hat ja auch drei Pferde bei mir im Stall stehen. Aber Spaß beiseite. Er hält den Kontakt zu den Medien und mit dem Galopprennsport geht es langsam wieder aufwärts. Die Buchmacher haben immer gut gelebt, aber wir machen das Produkt. Und das sollte gut vermarktet werden.

Was wünschen Sie sich für die Zukunft?

Ganz klar weitere große, wichtige Rennen zu gewinnen und viele auch in Köln zu gewinnen. Ich habe ja schon früh, mit 32 Jahren, aufgehört Rennen zu reiten, obwohl Reiten mein Traumberuf war. Aber einen Stall zu übernehmen, ist auch toll. Für die erfolgreiche Arbeit muss das Umfeld stimmen und auch die Familie muss mitziehen.

Vielen Dank für das Gespräch. Prost.

Auf ein Kölsch im Kappes mit Annemarie Bökels

Seit 45 Jahre besteht der „Freundeskreis mit Eltern von Kindern mit Behinderung" in Nippes, den Annemarie Bökels mitbegründete. Anfang der 1970er Jahre gab es in der Öffentlichkeit noch eine große Ablehnung gegenüber Menschen mit Behinderung. Dagegen wollten Mitglieder aus der Pfarre St. Marien etwas tun. Doch bei diesem ehrenamtlichen Engagement allein blieb es nicht. Bökels (85) war im Kirchenvorstand und im Pfarrgemeinderat aktiv und vor sechs Jahren maßgeblich daran beteiligt, den Klangraum Kunigunde aus der Taufe zu heben.

Frau Bökels, beim Vorgespräch am Telefon haben Sie mir gesagt, dass Ihnen das Thema Motivation wichtig ist.

Ja, denn die Motivation, im Dezember 1971 den Freundeskreis zu gründen, war, die Eltern von Kindern mit Behinderung aus ihrer Einsamkeit herauszuholen. Wir wollten Türen öffnen für Begegnungen, wir wollten die Behinderten und ihre Eltern in die Gesellschaft integrieren. Da waren wir allerdings noch sehr naiv.

Warum naiv?

Weil damals Leute im Rollstuhl angegafft wurden, mit der Erklärung „zu wenig Platz" wurden sie am Betreten von Cafés gehindert. Die Eltern und Kinder haben darunter richtig gelitten.

Was haben Sie dagegen unternommen?

Wir haben einfach Eltern mit behinderten Kindern zu einem Kaffeetrinken eingeladen, um sich auszutauschen. Daraus sind regelmäßige Treffen geworden. Für die Kinder haben wir Sportangebote gemacht, einen Chor, später wurden Disco-Abende daraus. Ich meine, Begegnungen und Gemeinschaft sind ein Reichtum, für die es keine Alternative gibt.

Der „Freundeskreis mit Eltern von Kindern mit Behinderung" bildete sich in der katholischen Kirchengemeinde St. Marien.

Ja, das fing an, als Pfarrer Haas in die Gemeinde kam. Er wollte sich damals um die sozialen Brennpunkte in Nippes kümmern. Aber wir konnten ihm keine nennen. Der Pfarrer hat sich sehr darum bemüht, mit den Familien in der Gemeinde zusammen zu arbeiten. Aus dieser Motivation heraus ist der Freundeskreis entstanden. Noch heute treffen sich regelmäßig alle 14 Tage mehr als ein Dutzend Männer und Frauen der ersten Stunde bei mir. Die jungen Familien von heute brauchen das nicht mehr. Da sieht die Integration von Menschen mit Behinderung ganz anders aus.

Welche Rolle spielte die Pfarrgemeinde?

Es gab zusammen mit dem Freundeskreis und Pfarrer Haas intensive Wochenenden im Kloster Marienthal im Westerwald. Wir haben dort wirklich Bibelarbeit gemacht, und ich habe gemerkt, was für ein kostbares Gut die Begegnung mit Gott ist, die auch bewirkte, dass sich die Eltern öffneten und ein sehr intensiver und hilfreicher Austausch stattfinden konnte. Daraus haben sich dann die Familienbildungsurlaube ergeben, die seit zwölf Jahren allerdings reine Ferienfreizeiten sind. Die Woche am Möhnesee ist immer wieder schön. Hinzu kommt einmal im Jahr eine Schiffstour auf dem Rhein, zu der Menschen mit Behinderung auch ihre Freunde einladen können. Und es gibt für Menschen mit Behinderung Karten für die Karnevalssitzung „Alles für andere". Ich muss nochmals wiederholen, dass Begegnungen der große Reichtum für mich sind und Begegnungen auch der Reichtum des Freundeskreises sind, der mich auch im Alter trägt, nachdem mein Mann vor 16 Jahren gestorben ist.

Sie haben mir auch erzählt, dass Sie in St. Marien im Kirchenvorstand und im Pfarrgemeinderat waren. Stammen Sie aus einem katholischen Elternhaus?

Ja, und zwar aus einem streng katholischen Elternhaus in Kleve am Niederrhein. Dort bin ich aufgewachsen und hatte als Jugendliche dann mit der Kirche abgeschlossen. Die hatte ich hinter mir, dachte ich.

Und dann kam hier in Nippes die Wende?

Pfarrer Haase war hartnäckig und wollte die, die der Kirche abtrünnig geworden waren, wieder erreichen. Durch die Vermittlung des Wortes, der Bibel, hat er das bei mir auch geschafft. Mit der Bibel hängt auch der Klangraum Kunigunde zusammen.

Das müssen Sie genauer erklären.

2003 gab es das Jahr der Bibel und damals hatte ich die Idee, in der kleinen Kirche St. Heinrich und Kunigund eine Veranstaltung zu machen. Die gefiel mir wegen ihrer Ästhetik und der Atmosphäre so gut. Daraus ergab sich dann die Idee, die Kirche nicht im Dunkeln zu lassen und eine Beleuchtung zu installieren. Dann traf ich Paula Kibildis, die mit ihrem Ensemble >Exquisite Noyse< Konzerte in der Kirche gegeben hat. Nutzer der ersten Stunde waren auch die Künstlerin Dea Bohde aus Nippes und der Musiker Michael Faust. Ahnung hatte ich zwar keine von der Organisation von Konzerten, aber die Kontakte waren wichtig. Und wer Ideen hat, muss auch machen, hieß es im Kirchenvorstand. Dann kam vor drei Jahren Hinnerick Bröskamp dazu, der seitdem die Konzerte im Klangraum Kunigunde organisiert. Dieser Mensch ist vom Himmel gefallen, habe ich nur gedacht, als er sich bei uns meldete.

Auf ein Jubiläum müssen wir aber auch noch zu sprechen kommen. Und zwar leben Sie seit 60 Jahren in Nippes und noch immer im selben Haus. Was hat sich in der langen Zeit verändert?

Total viel. 1956, als mein Mann und ich nach Nippes zogen, war das noch ein ruhiger, idyllischer Ort. Allerdings hatte unsere Wohnung keine Heizung und kein Bad. Zehn Jahre später kamen die Gastarbeiter aus Italien, Griechenland und der Türkei, die teilweise die Nächte zum Tag machten. Die Besitzer haben ihre Häuser dann zimmerweise vermietet. Tolle Leute aus der Nachbarschaft sind deshalb weggezogen, und das hat mir Nippes auch ein bisschen entfremdet. Jetzt stellt sich wieder das alte Milieu ein. Familien mit Kindern ziehen wieder hierher. Jeden Montag treffe ich mich mit einer meiner beiden Töchter, die auch in Nippes wohnt. Das ist einfach nur schön.

Vielen Dank für das Gespräch. Prost.

Auf ein Kölsch im Kappes mit William Blask

Schon als Jugendlicher hat der in Worringen geborene, 49-jährige Gastronom eine Schülerband gemanagt. Nach seiner Lehre zum Koch und Restaurant-Fachmann hat er an vielen verschiedenen Orten in Köln gearbeitet und ist einer der Erfinder der Nippes Nacht, hat die Viertelbar und die Viertelküche in Nippes eröffnet. Seit sechs Jahren ist Blask Geschäftsführer des Heimathirsch, dem einzigen Club in Nippes, der ein vielfältiges kulturelles Programm bietet.

William, bist du in Nippes eigentlich bekannt wie der sprichwörtlich „bunte Hund"?

Na ja, es gibt eine Menge Leute, die mich kennen oder glauben, mich zu kennen. Ich genieße immerhin das Privileg, beim Bäcker die Brötchen zu bekommen, auch wenn ich mal mein Portemonnaie vergessen habe. Aber es ist tatsächlich so, dass ich auf der Straße nicht erkannt werde, wenn ich meine Kappe nicht aufhabe. Und ohne Kappe würde mir der Bäcker auch die

Brötchen nicht geben.

Die ist ja dein Markenzeichen. Schon immer?

Das Tragen dieser Kappe ist aus der Not geboren. Die Viertelbar an der Steinbergerstraße war ja so klein und die Luft darin immer zum Schneiden dick, dass ich einfach einen Schutz für meine damals noch ziemlich langen Haare gebraucht habe. Sieht besser aus als ne Haube wie im Lebensmittelwerk.

Schon als Jugendlicher hast du Auftritte für die Schülerband organisiert. Eventmanager bist du seitdem geblieben. Was macht den Reiz aus?

Ich konnte kein Instrument spielen und habe mich in der Schülerband um alles andere gekümmert. Ich würde nie eine Kneipe ohne ein kulturelles Programm aufmachen, weil ich den Umgang mit den Künstlern mag. Das ist ein eigener Menschenschlag mit einer anderen Zuversicht. Wenn Otto Normalverbraucher mit dem Leben hadert und sich fragt, ob er morgen auch noch über die Runden kommt, sagen sich die Künstler: Dann spiele ich morgen eben woanders. Die geben nicht auf, sondern stehen immer wieder auf. Da sind wir Seelenverwandte.

Du hast schon einige Lokale in Nippes eröffnet wie die Viertelbar, danach die Viertelküche und dann das Vier Grad. Mein Eindruck ist, dass die Orte schnell eröffnet waren, aber du warst auch schnell wieder weg.

Nee, der Eindruck täuscht. Die Viertelbar habe ich immerhin mehr als sieben Jahre betrieben, vier Jahre die Viertelküche, die dann danach noch weitergeführt wurde und im Heimathirsch bin ich jetzt schon seit sechs Jahren. Aber ich bin so gestrickt, dass sich nach einer Zeit wieder etwas ändern muss. In der Viertelbar gab es Prozesse mit den Nachbarn im Haus wegen des Lärms. Das war einfach auf die Dauer zermürbend. Aber das hat mich nicht verbittert, sondern ich sehe so etwas sportlich. Das war für mich der Wink, etwas Neues zu beginnen. Ich bin ein Stehaufmännchen. Kummer können sich andere machen.

Etwas erfolgreiches Neues war die >Nippes Nacht<, die 2001 zum ersten Mal stattfand. Damit verbinden viele deinen Namen.

Aber wir haben das zu dritt gemacht. Pfarrer Thomas Diederichs und Peter Reichelt, der sich um die Website gekümmert hat. Das erste Plakat der >Nippes Nacht< war sogar noch in Schwarz-weiß.

Wie kam es zu der Musikveranstaltung, die zuletzt 2015 stattfand und all die Jahre sehr beliebt war?

Ab 1999 war ich Geschäftsführer im Feez in der Holbeinstraße und es war eine komische Zeit zum Jahrtausendwechsel. Es machte sich so eine Art von Ende-aus-Stimmung in Nippes breit. Die Kneipe Lempel existierte nicht mehr und das Mach et kriselte ebenfalls. Es passierte gerade nix und ich dachte nur, in den Kneipen in Nippes müsste doch mehr Kultur passieren. Ein Gast hat mich dann auf Pfarrer Thomas Diederichs aufmerksam gemacht, der auch gerne „wilde Sachen" mache. Wir haben uns unterhalten und so ist die >Nippes Nacht< entstanden. Wir haben mit sechs Künstlern und fünf DJs angefangen, die an dem Abend durch die Kneipen gezogen sind. Aus den Anfängen sind richtige Freundschaften entstanden, beispielsweise mit dem Kabarettist Stefan Reusch.

Im letzten Jahr bist du Nippes untreu geworden und nach Ehrenfeld gewechselt. Du bist für das Programm im Club Berlin zuständig. In Ehrenfeld gibt es eine reiche Clubszene mit vielfältigen kulturellen Angeboten. Warum gibt es die nicht in Nippes?

In Ehrenfeld gibt es offenere Geister, und Ehrenfeld ist offener für neue Konzepte. Es gibt dort eine komplett andere Struktur als in Nippes. Als Nippes noch seine Kappesfelder hatte, gab es in Ehrenfeld schon Fabriken, die heute für Kultur genutzt werden. Wir haben hier nicht die Räumlichkeiten, und wenn, kämen die Gäste von außerhalb nach Nippes. Und darüber wären die Nippeser nicht glücklich.

Wie kommst du zu dieser Einschätzung?

Bei Veranstaltungen im Heimathirsch sind im Publikum kaum

Leute aus Nippes. Gut, der Nippeser braucht länger, bis er mit irgendetwas warm wird. Es könnte wirklich mehr kulturelle Veranstaltungen und Einrichtungen geben, aber Nippes ist verträumt. Einerseits fühlen sich die Bewohner als Teil dieser Stadt, benehmen sich aber sehr provinziell.

Apropos Infrastruktur. Ich staune immer, welche Räumlichkeiten du findest, wie beispielsweise für den Heimathirsch. Oder die kleine Viertelküche, heute das Lokal Fink.

Ich habe einfach einen anderen Fokus, wenn ich durch Nippes gehe oder mit dem Fahrrad fahre. Ich schaue mir die Häuser an und überlege, ob die Räumlichkeiten sich für ein schönes Restaurant eignen oder ob sich der Ort kulturell oder für eine andere Dienstleistung nutzen lässt.

Das Titelbild unserer letzten Ausgabe haben wir im Heimathirsch gemacht, und da ist mir mal wieder die witzige Ausstattung aufgefallen; ein bisschen Retro, ein bisschen 70er Jahre-Stil. Wie bist du auf diese Idee gekommen?

Ich habe ganz klar einen Hang zur Tapete. Als Kind habe ich die gehasst, aber heute bekomme ich beim Anblick von Raufaser einen Brechreiz. Ich sehe mich als Bewahrer alter Werte, und ich bin überzeugt, das die Welt anders aussehen würde, wenn wir weniger wegwerfen würden. Es ist doch egal, wenn die Tasse eine Katsche hat. Wenn ich noch daraus trinken kann, dann ist das okay. Das ist auch eine Art von Werteverfall, wenn man die Dinge nicht mehr schätzt. Für mich sind Stühle nicht wichtig, wenn sie von einem bestimmten Designer sind, sondern wenn ich gut darauf sitzen kann. Und ich mag die Gebrauchsspuren daran. Dann hat so ein Stuhl gelebt. Es freut mich, wenn Leute kommen und sagen: „Hier ist es ja schön kuschelig. Hier sieht es aus wie bei meiner Oma." Wenn dann noch frische, nette Kellner dazukommen und ein gutes Programm, ist das ist doch eine schöne Kombination.

Vielen Dank für das Gespräch. Prost.

Auf ein Kölsch im Kappes mit Gerhardt Haag

Gerhardt Haag (67) gehört zum Urgestein der freien Theaterszene in Köln. 1981 gründete er das >Freie Werkstatt Theater< und leitete 21 Jahre das >Theater im Bauturm-Freies Schauspiel Köln<. Dabei wollte der gebürtige Schwarzwälder nach seiner Ausbildung an der Max-Reinhard-Schule in Westberlin und ersten Engagements eigentlich nichts mehr mit der Schauspielerei zu tun haben.

Herr Haag, wie haben Sie trotzdem wieder die berufliche Kurve geschafft?

In Köln habe ich bei einem Modellversuch theaterpädagogische Arbeit mit Schülern gemacht und fand damit meinen Weg zurück zur Schauspielerei. Ich sah, dass es andere Strukturen neben dem kommunalen Theaterbetrieb gab. Der Wechsel von West-Berlin nach Gießen, wo ich mein Anfängerjahr absolvierte, war der größte Kulturschock meines Lebens. Bei der Schauspielerei kehrt man ja sein Innerstes nach außen und wenn man dann kein Glück mit Regisseuren hat und sich in der Struktur nicht zuhause fühlt, schämt man sich oft für das, was auf der Bühne passiert. Ich habe mich tatsächlich auf der Bühne versteckt.

1981 gründeten Sie zusammen mit Dieter Scholz und anderen Kollegen das ›Freie Werkstatt Theater‹, das heute noch zu den renommiertesten freien Theatern in Köln zählt. Wie hat sich die Theaterszene in Köln seitdem verändert?

Die Szene ist sehr viel größer und vielfältiger geworden, auch in ihren ästhetischen Formen. Es gibt allein rund 25 Theater mit festen Spielstätten und dazu noch etliche freie Gruppen. Allerdings fehlt ein Haus mittlerer Größe mit 350 Plätzen. Da wäre die Halle Kalk ideal gewesen. Aber die musste leider wegen Einsturzgefahr 2015 geschlossen werden.

Trifft mein Eindruck zu, dass es besonders viele freie Theater in Köln gibt?

Ja, diese Theaterszene ist deutschlandweit schon einmalig. Es gab in den 1980er Jahren eine Gründerzeit für freie Theater, eine richtige Aufbruchstimmung, auch in Köln. Die Comedia Colonia gründete sich, 1983 kam das Theater im Bauturm dazu, später noch das Horizont-Theater und das Theater am Sachsenring. Und schon 1981 das Freie Werkstatt Theater. 35 Jahre ist das jetzt her. Das ist der Hammer, wie schnell die Zeit rast.

Ist es schwieriger geworden, ein freies Theater am Leben zu erhalten?

Auf jeden Fall, weil einfach mehr da sind. Und die öffentliche Förderung der freien Szene ist in Köln eine Katastrophe. Der politische Wille ist einfach nicht da, diese Szene angemessen zu finanzieren. Für freie Theater und Initiativen wird zu wenig getan. Das ist für eine Stadt, die sich als Kulturmetropole versteht, nicht förderlich. Wir rangieren im Vergleich mit anderen Städten auf den hinteren Plätzen.

Wie hat sich das auf Ihre Arbeit als Theaterleiter ausgewirkt?

Am Anfang habe ich gedacht, wir kämpfen drei, vier, fünf Jahre ums Geld und sind dann durch, das Haus ist gesichert und wir können beispielsweise normale Gagen zahlen. Aber Leitung bedeutet, diesen Kampf dauerhaft zu führen. Man kommt nicht am Ziel an. Aufgrund von Stiftungen und Fonds gibt es zwar mehr Möglichkeiten der finanziellen Förderung, aber es ist wahnsinnig schwer, an das Geld ranzukommen. Von zehn Anträgen, die wir schreiben, kommt vielleicht einer durch. Es ist ein hartes Brot.

Ist es Ihnen schwergefallen, nach mehr als zwei Jahrzehnten die Theaterleitung abzugeben?

Es fühlt sich organisch an und hat sich so entwickelt. Im Kopf hatte ich vor, nur sieben Jahre am Bauturm zu bleiben. Jetzt sind es dreimal sieben Jahre geworden. Ich hatte einfach keine Lust aufzuhören und habe in den zurückliegenden Jahre so viel gelernt, dass ich sagen könnte: Jetzt könnte ich die Theaterleitung machen. Aber Spaß beiseite. Ich habe dafür gearbeitet, dass die Voraussetzungen für eine gute Weiterarbeit gegeben sind. Jetzt sollen mal jüngere Leute die Verantwortung übernehmen. Alle Mitarbeiter im Bauturm sind wie eine Familie, aber ich habe mich nie mit dem Theater überidentifiziert, sondern mich immer als Schauspieler gesehen, der auch ein Theater leitet. In den Stücken >KUNST< und >Loveletters< werde ich auch weiterhin am Bauturm auftreten. Und zusammen mit der Dramaturgin Kerstin Ortmeier leite ich auch künftig das >Africologne-Festival<, das afrikanische Theaterfestival, das seit 2011 alle zwei Jahre stattfindet und mit seiner Bandbreite von Theater, Tanz und Performance einzigartig in Deutschland ist. Das macht mir den Abschied als Theaterleiter leichter.

Worauf freuen Sie sich jetzt?

Darauf, dass ich mehr selbst bestimmen kann, was ich wo und wann mache. Während meiner Zeit als Theaterleiter habe ich zu Hause eigentlich nur geschlafen und gefrühstückt. Der Arbeitstag war voller Pflichttermine, vielen politischen Gesprächen und eigenen Veranstaltungen. Und ich freue mich darüber, dass sich mir noch Aufgaben stellen, wie die Leitung des afrikanischen Theaterfestivals. Ich werde mir zu Hause ein Büro einrichten, lesen, Freundschaften pflegen, was in den letzten Jahren zu kurz gekommen ist, und unsere tolle Hausgemeinschaft genießen. Ich freue mich, dafür jetzt Muße und Raum zu haben.

Was bedeutet Nippes für Sie?

Nippes ist ein Dorf für mich und das genieße ich total. Jeden Samstag gehe ich im Dorf einkaufen und halte dann irgendwo immer ein Schwätzchen. Das finde ich toll. 1977 bin ich nach Köln gekommen, seit 1980 lebe ich in Nippes. Ich habe in der Stadt viele Wurzeln geschlagen, bin gerne unterwegs, aber freue mich auch immer wieder, hier zu sein.

Im Leitbild des Theaters im Bauturm heißt es unter anderem, dass das Haus ein Forum schaffen will „...sich zu allgemeinen, gesellschaftlichen Entwicklungen wie auch zu einzelnen gesellschaftlichen Phänomenen zu verhalten..." Wir erleben gerade eine sehr bewegte Zeit. Ist das eine furchtbare oder eine fruchtbare Zeit fürs Theater?

Eindeutig fruchtbar, aufregend und spannend. Vor zehn Jahren war meine einzige Angst, dass es Krieg geben würde. Jetzt wird mir angst und bange um die europäische Idee. Die ist so genial und so großartig, aber jetzt bezahlen wir für die Fehler, die in der Nachkriegszeit gemacht worden sind. Wir dürfen Europa nicht auf die ökonomischen Werte der EU beschränken, sondern Demokratie und Freizügigkeit erhalten und weiter entwickeln. Wenn wir Europa vor die Wand fahren, dann leiden unsere Kinder und Kindeskinder noch darunter. Die Populisten legen den Finger in diese Wunden, aber ziehen die falschen Schlüsse. Europa existiert. Wir müssen nur endlich selbst gestalten.

Vielen Dank für das Gespräch. Prost.

Auf ein Kölsch im Kappes mit Irene Franken

Wer sich mit der Kölner Frauenbewegung beschäftigt, kommt an der Historikerin und Publizistin Irene Franken (63) nicht vorbei, die einige Wochen nach diesem Interview als >Alternative Kölner Ehrenbürgerin< geehrte wurde. Sie wurde in Düsseldorf geboren, lebt und wirkt seit 1973 in Köln und gründete vor 30 Jahren den Kölner Frauengeschichtsverein. Franken sorgt dafür, dass Geschichte und Geschichten von Frauen öffentlich werden. Und trinkt lieber Apfelschorle als Kölsch.

Irene Franken, bei der Gründung des Kölner Frauengeschichtsverein spielte auch das Thema Gleichberechtigung eine große Rolle. Ist das jungen Frauen heute noch wichtig?

Im Verein erleben wir gerade einen gewissen Boom, was sich an der starken Nachfrage nach Praktika zeigt. Bei der vergangenen >Lit Cologne<, dem Kölner Literaturfestival, ist die radikale Feministin Laurie Penny aus England aufgetreten. Der Saal war voll und viele junge Leute waren da. Das war ein sehr erfreulicher Anblick. Heutzutage sind junge Feministinnen nicht mehr an den üblichen ´analogen Orten` unterwegs, sondern im Internet beziehungsweise in definierten Gruppen.

Das Medium hat sich geändert. Aber der Inhalt hat sich nicht erledigt?

Gleichberechtigung ist immer noch Thema, das jüngere Leute allerdings eher global betrachten, obwohl in Deutschland eine besonders große Kluft zwischen den Löhnen und Gehältern von Männern und Frauen klafft. Gerade bei Trennungen erlebe ich es, dass beim Thema Unterhalt für viele Frauen Gleichberechtigung wieder zum Thema wird. Und was das Thema Karriere angeht, sind viele Entscheidungen schwer zu durchschauen. Also, das Thema Gleichberechtigung hat sich noch nicht ganz erledigt.

Warum hast du Mitte der 1980er Jahre den Kölner Frauengeschichtsverein gegründet?

Aus Verärgerung. Mein komplettes Geschichtsstudium hier in Köln war frauenlos. Nur die Großmutter Karl des Großen tauchte in einer Stammtafel auf. Ich dachte, das kann nicht sein, dass die Geschichte von Frauen nicht spannend ist und deshalb nicht erzählt wird.

Wie ging es dann weiter?

Ich habe einige Artikel in der Kölner Frauenzeitung >Kobra< veröffentlicht und wurde von einer Leserin angesprochen, ob ich nicht Rundgänge durch die Kölner Frauen-Stadtgeschichte anbieten könnte. Das habe ich dann zusammen mit einer Pädagogin, Edith Kiesewetter, gemacht. Zeitgleich mit dem Kölner Autor Martin Stankowski waren wir die ersten, die ´auf die Straße` gegangen sind, also Stadtführungen draußen angesiedelt und Sozialgeschichte von Unterdrückten zum Thema gemacht haben. Den Verein habe ich 1986 zusammen mit einigen Interessierten gegründet. Als kultureller Verein wollten wir sichtbar machen, was Frauen geschaffen haben, aber durchaus auch, wo sie selbst Ausbeuterinnen waren.

Als sichtbare Erfolge des Vereins sind mir die Umbenennung von Straßen in Erinnerung geblieben und die Auswahl bei den Figuren für den Rathausturm.

Wir hatten Glück, dass es kurz nach der Vereinsgründung in Köln eine öffentliche Debatte bezüglich der Straßennamen gab. 1987 konnten wir erreichen, dass die Straße „Unter Seidmacher" in „Seidmacherinnengässchen" umbenannt wurde. Denn in Köln existierte die bedeutende Frauenzunft der Seidenweberinnen, die das Monopol auf die Herstellung von Seide in Köln besaß. Seidenweber gab es zu der Zeit gar nicht.

Aufsehenerregender war die Debatte um die Figuren, die nach den Zerstörungen des Zweiten Weltkriegs und dem Wiederaufbau den Rathausturm schmücken sollten.

Im ersten Konzept waren von 124 historischen Figuren aus der Kölner Stadtgeschichte nur fünf weiblich. Es war ein zähes Ringen, bis die Anzahl auf 18 Frauen erhöht wurde. Das sind mal gerade 15 Prozent. 2009 wurden unter anderem auf Initiative des Vereins sechs Plätze und Straßen im Rheinauhafen nach erfolgreichen Kölner Frauen benannt, zuletzt ein Platz nach der Theologin Dorothee Sölle, der im Juni eingeweiht wird.

Noch immer bilden Führungen einen Schwerpunkt des Vereins. Warum ist das so?

Damit ist der Verein gestartet, aber es ist auch ein Konzept, das auf den Dialog setzt. Frauen haben ja eher schlechte Erfahrungen mit ihrem Geschichtsunterricht gemacht. Der war langweilig, und Mädchen und Frauen kamen schon mal gar nicht vor. Etwas zu erzählen, die Quellen zu nennen, regt zum Dialog an. Und unser Wissen zu teilen, macht einfach Spaß.

Aus den Schlagzeilen ist der Verein mittlerweile raus.

Wir arbeiten viel im Hintergrund, beraten Museen wie das Haus der Geschichte in Bonn oder Redaktionen des WDR. Ich selbst bin Jurorin im Schülerwettbewerb >Geschichte<, ausgelobt vom Bundespräsidenten. Der Verein hat rund 160 Mitglieder;

darunter leider nur zwei Männer. Neben der Erforschung ist die Archivierung und die Dokumentation der >Neuen Kölner Frauenbewegung< ein wichtiges Anliegen. In den letzten Jahren ist das Thema Migrantinnen hinzugekommen.

Um was geht es dabei konkret?

Es gibt seit der >Neuen Kölner Frauenbewegung< Selbstorganisationen von Migrantinnen, die bisher kaum wahrgenommen wurden. Viele Themen sind sehr komplex, und es ist sinnvoll, sich mit den 'Subjekten' zusammen ein Urteil zu bilden.

Du wohnst schon lange in Nippes. Was gefällt dir am Stadtteil und was fehlt?

Seit 1985 wohne ich hier. Ich bin vom Friesenplatz hierhin gezogen und wollte eigentlich nicht in den Norden Kölns und niemals so lange wohnen bleiben. Aber es hat sich anders ergeben. Nippes ist eine Kleinstadt für sich, und das genieße ich inzwischen. Mir fehlen allerdings Grünanlagen und mehr kulturelle Angebote. Beachtlich finde ich die Willkommensinitiative, die sich um Flüchtlinge kümmert. Die macht richtig gute Arbeit.

Du hast angeboten, die Führung „Nippes-Frauen auf der Höhe" exklusiv für die Leserinnen und Leser unseres Magazins anzubieten?

Ja, weil es in Nippes viele selbständige Frauen gab wie die Theologin Ina Gschlößl oder die Veedelschönheit Margit Nünke, die ihren Traum vom Aufstieg verwirklichte. In Nippes gibt es seit der Weimarer Republik viel Raum für selbständige Frauen.

Vielen Dank für das Gespräch. Prost.

Auf ein Kölsch im Kappes mit Hinnerick Bröskamp

Seit zwei Jahren organisiert der 66-jährige Filmregisseur und Musikpädagoge die Veranstaltungen in der kleinen Kirche St. Heinrich und Kunigund, dem >Klangraum Kunigunde< am Schillplatz. Der gebürtige Münsterländer war erfolgreich als Theaterleiter, Musik- und Filmproduzent sowie Business-Coach und produzierte Ende der 1970er Jahre als Gesellschafter der Eigelstein-Musikproduktion die ersten beiden Alben der Gruppe BAP. Damit schafften die Kölschrocker den Durchbruch.

Herr Bröskamp, seit Herbst 2014 organisieren Sie das Programm für den >Klangraum Kunigunde<. Wie kam es dazu?

Der >Klangraum Kunigunde< entstand ja 2011 auf Initiative von Mitgliedern der Kirchengemeinde St. Marien. Die Kirche ist wirklich ein einzigartiges akustisches Kleinod und bietet so die Möglichkeit, hier in Nippes ein lebendiges und vielseitiges Konzertprogramm zu gestalten. Und da ich seit 1992 in unmittelbarer Nähe der Kirche lebe und mich im Viertel ehrenamtlich betätigen wollte, bot sich bei meinem beruflichen Hintergrund die Organisation einfach an.

Sie bieten unter der Überschrift >Meditiation und Stimm-Improvisation< im >Klangraum Kunigunde< selbst ein Format an, bei dem die Besucher frei tönend mit der eigenen Stimme die Abende mitgestalten. Das ist schon ein sehr spezielles Angebot.

Mein Anliegen war es schon immer, spielerisch Neues auszuprobieren und so Verhaltensräume zu erweitern. Bei den Abenden können die Besucher ganz frei tönen, der Seele und der eigenen Stimme freien Lauf lassen. Früher nannte man so etwas auch jubilieren. Das ist für viele Menschen erst mal ungewöhnlich, mittlerweile aber ein ganz erfolgreiches Format. Da kann jeder Mensch für sich entscheiden: finde ich gut oder finde ich nicht gut. Singen und besonders freies Tönen aktiviert übrigens die meisten Hirnregionen und ist damit sehr gesund.

Es gehört aber auch Mut dazu, sich auf eine so verrückte Sache einzulassen.

Wir Menschen brauchen im Leben immer Mut, um voran zu kommen, um Neues auszuprobieren. Das Improvisieren mit der Stimme im Klangraum ist da ein kleines Feld, wo ich mich ausprobieren kann. Bei den Abenden kann ich Lust zum Experimentieren und Vertrauen in die eigene Intuition entwickeln, ohne dass der Kopf und die inneren Kritiker einen Riegel vorschieben. Es geht auch darum, den Freiraum zu genießen, sich auf die eigene Sinneswahrnehmung einzulassen und auf sich zu achten. Wir brauchen immer wieder diese Freiräume, um neuen Ideen Platz zu schaffen.

Werden Sie damit schnell mal in die esoterische Ecke gestellt?

Der zweite Pfeiler der Abende ist ja die meditative Stille, das inne halten und nach innen horchen. Das ist ein grundmenschliches Bedürfnis, das heute in der Hektik des Alltags oft zu kurz kommt. Und das Spannende ist der Wechsel zwischen der Stille und der Klangfülle. Das hat für mich mit Esoterik nichts zu tun.

Die letzten Jahre ihres Berufslebens haben Sie als Coach und Trainer gearbeitet. Noch einer, der den Menschen sagt, wo es lang geht, habe ich nur gedacht.

Grundsätzlich sagt ein Coach den Klienten nicht, wo es langgeht, sondern unterstützt sie dabei herauszufinden, was sie wirklich wollen, wie sie das erreichen. Mein Schwerpunkt war die Gesundheitsvorsorge, das heißt speziell die Burnout-Prophylaxe bei Führungskräften, die unter Stress stehen und sehr angespannt sind. Aber beruflich bin ich ja nicht mehr aktiv. Mit 65 habe ich mir gesagt, ich schalte mal runter. Mache lieber was fürs Herz.

Aber der Kopf will doch auch beschäftigt werden?

Na ja, mein Herz hängt bis heute an zwei Dingen: am Organisieren und am kreativ-konzeptionellen Arbeiten. Das fing schon bei der Organisation der Pfarrjugendfeste an, setzte sich im Studium in Münster fort und fand seinen ersten Höhepunkt bei den Ruhrfestspielen in Recklinghausen. Dort war ich von 1979 bis 1983 Leiter der Jugendabteilung. Da habe ich Produktionen mit freien Theatergruppen und Konzertevents entwickelt und durchgeführt. Parallel zur Tätigkeit bei den Ruhrfestspielen war ich Mitgesellschafter und Produzent der Eigelstein-Musikproduktion und habe seit 1976 als Autor für den WDR gearbeitet.

1983 sind Sie dann nach Köln gekommen, um Filme zu machen.

Das war schon ein gewisses Risiko, da ich ja keine Ausbildung in dem Bereich hatte. Aber mit der Grundhaltung „Es wird gehen, wenn Du willst“ hat das gut funktioniert. Man muss wollen und dran bleiben. Ich nenne das gerne den italienischen Ausbildungsweg: Erst gucken, dann machen, dann Spezialiste. 1984 habe ich dann mit dem Film-, Musik- und Tanzprojekt >Vor der Flut – Hommage an einen Wasserspeicher< im Wasserspeicher Severin in der Südstadt, der übrigens die längste Nachhallzeit der Welt hat, De Campo Film gestartet. Hier konnte ich als Produzent und Regisseur wieder Organisation und kreative Arbeit verbinden. Wir haben Dokumentationen für den WDR, Arte, ZDF und auch Industriefilme und viele Werbespots gemacht.

Woher stammt dieses Urvertrauen in die eigenen Fähigkeiten?

Ich denke, ich bin sehr bodenständig mit sechs Geschwistern im nördlichen Münsterland plattdeutsch aufgewachsen. Ich war der Jüngste. Mein Vater war Schmied und mit zwei Jahren bekam ich meinen ersten, von der Mutter genähten Blaumann und war dann täglich in der Werkstatt meines Vaters. Von daher bin ich ein leidenschaftlicher Handwerker und jemand, der anpackt und macht und sich freut, immer wieder Neues zu lernen. Im Augenblick sind es Jodeln und Saxophon.

Im ›Klangraum Kunigunde‹ schließt sich der Kreis wieder. Sie organisieren und sind aber selbst auch musikalisch tätig.

Das ist richtig. Die Programmkoordination und die Öffentlichkeitsarbeit, das braucht zirka 20 Stunden pro Woche. An den Freitagabenden und bei den Klangreisen habe ich die Möglichkeit, auch wieder selbst Musik zu machen. Schön ist, dass sich inzwischen rumgesprochen hat, dass der ›Klangraum Kunigunde‹ zu einem Ort lebendiger Musikkultur in Nippes geworden ist und die Konzerte so gut angenommen werden. Das alles macht die ehrenamtliche Arbeit für mich sehr erfüllend.

Vielen Dank für das Gespräch. Prost.

Auf ein Kölsch im Kappes mit Astrid Gloria

Astrid Gloria Irmer war ein Jahrzehnt lang erfolgreich als Hertha Schwätzig („Das Leben ist hart, aber ich bin Hertha!") auf den deutschen Kabarett- und Comedy-Bühnen unterwegs, hat in Kochshows „magisch-vegetarische Gemüsekunde" vermittelt und eröffnet am 5. Dezember in Nippes ihren Zauberwunderladen. Denn die Komikerin, Kabarettistin und Zauberin, Jahrgang 1966, möchte sich einen „wundervollen Lebensfilm" drehen.

Astrid, du hast in den 1990er Jahren als Kabarettistin und Zauberin angefangen. Die ungewöhnliche Kombination hat mir schon damals gefallen. Das machte sonst kein Mensch.

Zauberei hat mich schon immer fasziniert und ich war neun Jahre alt, als ich den Entschluss fasste, Zauberin zu werden. Was damals natürlich genauso unmöglich schien, wie auf dem Mond eine Frittenbude zu eröffnen.

Was fasziniert dich an der Zauberei?

Es ist der Moment des Wunderns, den uns die Zauberei schenkt. Die Zuschauer erleben einen Kunststück, sind völlig verblüfft, fangen an zu stauen und damit öffnet sich ein Tor ins Wundervolle. Eigentlich ist das ganze Leben ein Wunder, aber wir wissen es erst dann zu schätzen, wenn es nicht mehr so richtig funktioniert. Das Staunen über einen Zaubertrick kann einen wieder zurückerinnern. Das Leben ist für mich ein magisches Geschenk. Von Menschen mit Nahtod-Erlebnissen weiß man, dass im Sterben das eigene Leben noch einmal wie ein Film vor dem inneren Auge abläuft. Ich habe mir vorgenommen, den tollsten Lebensfilm zu drehen, den ich kriegen kann.

Da gibt es jetzt schon einiges zu sehen, denn als Hertha Schwätzig, der zaubernden Putzfrau, warst du sehr erfolgreich.

Das habe ich mehr als zehn Jahre gemacht. Ich habe beispielsweise Männer zersägt, um aus ihren Eingeweiden die Zukunft zu lesen oder habe Tische schweben lassen, weil das bequemer ist beim Saubermachen. Aufgetreten bin ich regelmäßig im >Senftöpfchen<, im >Mainzer Unterhaus<, beim >Quatsch Comedy Club< und auch bei >Rock am Ring< im Comedy-Zelt. Diese Bühnenerfahrung ist Gold wert, wenn ich bei einem Kindergeburtstag zaubere und zehn wilde Mädels oder Jungs vor mir habe.

Du gehörtest zu den Pionierinnen in der Kabarett- und Comedy-Szene. Vor 25 Jahren fand ein richtiger Aufbruch der Frauen statt. Die waren damals im Kabarett eher nur fürs Singen zuständig und Frauen, die eigene Texte machten, gab es kaum.

Der Organisator des Hamburger Kabarett-Festivals verkündete ernsthaft in einer Talkshow: Frauen sind nicht lustig! Und Zaubergerätehändler haben mir nichts verkauft, weil Frauen zwar assistieren, aber nicht selber zaubern könnten. Ich habe es trotzdem einfach gemacht. Ich war lustig und habe gezaubert und der Erfolg gab mir Recht.

Und dann starteten die >Frontfrauen< durch, unter anderem begann damals auch die Karriere von Gaby Köster.

Die >Frontfrauen< war ein Zusammenschluss von Kabarettistinnen. An das erste Treffen erinnere ich mich noch genau. Denn am selben Tag habe ich meine Urkunde zum Abschluss meines Magister-Studiums bekommen. Ich habe in Hamburg Geschichte und Journalistik studiert mit dem Schwerpunkt Frauengeschichte und wollte eigentlich in die Politik gehen. Mit dem Diplom in der Tasche, ging ich zum Treffen und lernte Frauen kennen, wie zum Beispiel Lioba Albus, die hauptberuflich Kabarett machten und davon sogar leben konnten. Das war für mich wie eine Offenbarung, denn bis dato kannte ich nur männliche Bühnenkünstler. Und so wurde aus der Uniabsolventin mit Hochbegabtenstipendium eine „zaubernde Putzfrau". Seit 1993 bin ich hauptberuflich Künstlerin. Im Jahr 2000 habe ich die >Ladies Night< im Rahmen des >Köln-Comedy-Festivals< ins Leben gerufen, die ich zehn Jahre lang moderiert und organisiert habe.

Aber Hertha Schwätzig ist Vergangenheit und auch die Kochshows, die du zehn Jahre gemacht hast, eine Mischung aus Kochen, Kabarett und Zauberstücken. Jetzt betreibst du eine Zauberschule.

Ja, jetzt beginnt ein neuer Lebensabschnitt. Ich bin über 20 Jahre lang quer durch die Republik getourt und möchte jetzt zu Fuß zur Arbeit gehen, mein Wissen weitergeben und das Wundervolle erforschen. Frauenpolitisch muss ich wohl weitermachen, denn im >Magischen Zirkel von Deutschland<, der Vereinigung von Zauberkünstlern, sind nur acht Prozent der Mitglieder weiblich. Auf der Zauberbühne werden Frauen eher zersägt, zerstückelt oder, wenn sie Glück haben, schweben gelassen. Jetzt organisiere ich Treffen für Zauberkünstlerinnen, coache sie und baue ein Netzwerk auf. Außerdem bin ich Vorstandsmitglied des Ortszirkel Köln.

Schon vor einem Jahr hast du Kölns erste Zauberschule eröffnet, jetzt im eigenen Ladenlokal.

Ein eigener kunterbunter Wunderladen; da geht tatsächlich ein Traum in Erfüllung. Ich will die Kurse anbieten, die ich mir selber immer gewünscht habe. Denn wer zaubern lernen will, egal ob als Kind oder als Erwachsener, ist sehr auf sich allein gestellt. Es gibt bundesweit kaum Möglichkeiten, Zauberkunst zu erlernen. Das will ich ändern. Denn Zaubern ist toll, gerade auch für Gruppen. Es schult die Wahrnehmung, die Koordination von Kopf und Hand und das freie Sprechen. Und so ganz nebenbei lernt man noch, dass das, was wahr erscheint, nicht unbedingt wahr sein muß. Außerdem macht es mir totalen Spaß zu unterrichten, gerade auch Kinder.

Vor sechs Jahren bist du aus dem Agnesviertel nach Nippes gezogen. Eher zufällig oder ganz bewusst?

Nein, Köln und Nippes habe ich mir ganz bewusst ausgesucht. Ich bin auf einem kleinen Dorf bei Gießen aufgewachsen und finde Nippes gut, weil ich einerseits das Kuschelige vom Dorf habe, aber auch die Freiheit der großen Stadt. Und als Kind habe ich mal gehört, dass es in Köln einen Stadtteil gibt, der Nippes heißt. Das fand ich lustig und da wollte ich hin.

Und wer Astrid Gloria live erleben will, hat dazu die Gelegenheit auf dem Nikolausmarkt auf dem Schillplatz.

Ja, am Freitag, Samstag und Sonntag trete ich auf. Ich wohne am Schillplatz und möchte gerne zum bunten Leben hier in Nippes etwas Wundervolles beitragen.

Vielen Dank für das Gespräch. Prost.

Auf ein Kölsch im Kappes mit Marita Breuer

Die 62-jährige Film- und Theaterschauspielerin ist in Düren geboren, hat ihre Schauspielausbildung an der Folkwangschule in Essen absolviert und wohnt seit 15 Jahren in Nippes. Sie spielte die Hauptrolle der Maria Simon in der ersten Staffel der weltbekannten Serie >Heimat – Eine deutsche Chronik< von Edgar Reitz. Dafür erhielt sie 1984 den Bayerischen Filmpreis und ein Jahr später den Deutschen Darstellerpreis. Regelmäßig übernimmt sie Rollen im Tatort oder Soko-Köln und tritt auch als Rezitatorin auf.

Frau Breuer, die Staffeln der Serie Heimat, die in einem imaginären Dorf im Hunsrück spielen, sind für mich das Beste, was jemals im Deutschen Fernsehen gezeigt worden ist. Ist das auch die Serie Ihres Lebens?

Das war schon großartig damals, ein lebensentscheidender Film für mich. Ich hatte die Hauptrolle in der Geschichte und bin sehr interessanten Menschen begegnet. Mit dem Filmemacher

Edgar Reitz und dem Kameramann Gernot Roll teile ich eine ganz spezielle, gemeinsame Lebenserfahrung.

Woran liegt es, dass nach 30 Jahren die Erinnerungen an diese Filme immer noch so präsent bei mir sind?

Es ist eine sehr emotionale Erzählweise und Emotionen prägen sich ein. Die Serie über das Leben der Familie Simon im Hunsrück über vier Generationen hinweg ist zeitlos und steht als Teil für ein Ganzes. Man kommt in den Filmen den Menschen so nah, und die Entwicklungen in der Familie und im Dorf können auch so in der Eifel oder im Bergischen Land stattgefunden haben. Die Filme haben eine große Poesie und sind wie ein guter Roman, der einen auf einer tiefen menschlichen Ebene berührt.

Stimmt mein Eindruck, dass Sie eine unbekannte bekannte Filmschauspielerin sind?

Ich bin schon bekannt innerhalb der Film- und Kulturszene, und die Produktionsfirmen kennen mich natürlich auch. Ich werde eher den Arthouse-Filmen zugeordnet, die in kleineren Programmkinos gezeigt werden. Ich habe da einen Sonderplatz, will das aber nicht weiter bewerten. Ich werde auch zu verschiedenen Filmfestivals eingeladen, wie zuletzt als Jurymitglied nach Ludwigshafen. Und gerade auf die Serie Heimat werde ich immer wieder angesprochen. Die ist sogar in Japan ein Begriff.

Ist Nippes für Sie Heimat?

Köln und Nippes sind meine Heimat. Seit 15 Jahren wohne ich in Nippes, vorher hatte ich eine Wohnung im Agnesviertel. Ich bin einfach sehr, sehr gerne hier. Ich brauche das Bodenständige hier. Da ich im Beruf manchmal in den Wolken schwebe, aber auch immer wieder Unsicherheiten durchlebe, brauche ich dieses Bodenständige, um mich zu erden. Und ich finde es ganz witzig, dass wir uns hier im Kappes verabredet haben.

Warum?

Dieser Treffpunkt ist wie ein Ritual für meine beste Freundin und mich. Wenn es mal brennt, wenn es etwas zu besprechen gibt oder mir nur einfach die Decke auf den Kopf fällt, dann treffen wir uns vorne im Schankraum auf drei Kölsch am Stehtisch. Da sind wir mitten im Leben, und danach ist die Welt wieder in Ordnung.

Was mögen Sie noch in Nippes?

Nippes ist sehr lebendig und hat eine durchmischte Szene. Es wohnen viele Musiker hier, aber auch ganz normale Leute; es gibt Kneipen, aber es dürften noch ein paar mehr Restaurants sein. Es gibt so kultige Sachen wie den Heimathirsch. Das ist richtig großstädtisch. Oder das Barfly, wo man wunderbare Abende verbringen kann. Und natürlich das berühmte Schillplätzchen.

Geht man als Schauspieler eigentlich in Rente?

Nee, das ist völlig absurd. Der Beruf ist ja eine Lebenseinstellung und zwischendurch gibt es immer wieder Leerzeiten ohne Engagements. Da ist man ja sozusagen in Rente.

Aber die Rollenangebote werden doch, je älter man wird, immer weniger?

Das stimmt. Die sind schon dünner gesät. Aber ich habe noch ein zweites Standbein. Das sind meine Seminare zu Stimme und Körpersprache. Das finde ich sehr spannend und sinnstiftend, es ist aber auch eine große Verantwortung den Menschen gegenüber. Wenn ich zwischen langweiligen Drehtagen und anspruchsvollen Seminaren wählen kann, würde ich mich immer für die Seminare entscheiden. Diese Wahl ermöglicht mir eine große Freiheit.

Was mögen Sie besonders an Ihrem Beruf?

Mir wird schnell langweilig, und ich brauche die Abwechslung und neue Herausforderungen. Lesungen machen, Filme drehen, Seminare geben; diese Autonomie mag ich schon sehr. Dazwischen brauche ich aber auch immer wieder Besinnungsphasen, um zu gucken, wo ich stehe und was ich will. Diese Bestandsaufnahmen sind ganz wichtig für mich.

Erleben wir Sie auch mal in Köln am Stadttheater, wenn es denn mal fertig saniert ist?

Ja, warum nicht, wenn mir gute Rollen angeboten werden. Denn ich mag einfach die Bandbreite in meinem Beruf. Ich bin als Rezitatorin mit meinem Bruder unterwegs, der Jazzmusiker ist. Wir waren gerade auf einer kleinen Tournee durch Frankreich und haben im Oktober Premiere mit einem Abend mit Gedichten von Dieter Kühn. Mein Bruder Wolfgang und ich waren mit dem kürzlich verstorbenen Schriftsteller befreundet und hatten diesen Abend schon lange geplant. Jetzt wird es also eine posthume Ehrung sein. Ich finde es einfach toll, so breit zu arbeiten.

Vielen Dank für das Gespräch. Prost.

Auf ein Kölsch im Kappes mit Stephan Brings

Im nächsten Jahr feiert die Gruppe Brings ihr 25-jähriges Bandjubiläum. Stephan Brings (49), Sänger und Bassist, und zusammen mit seinem älteren Bruder Peter einer der beiden Namensgeber der Band, lebt seit 19 Jahren in Nippes und engagiert sich auch politisch. Die fünf Kölschrocker sind seit Jahren erfolgreich, aber trotzdem auf dem Teppich geblieben.

Stephan, du bist mit Brings gut im Geschäft. Warum wohnst du immer noch in Nippes und nicht in einem schicken Appartement in einem der Kranhäuser im Rheinauhafen?

Also, sooo viel Geld verdienen wir auch nicht. Brings sind fünf Musiker, wir haben immer zwei Bläser dabei und eine Crew, die schon 25 Jahre für uns arbeitet und von uns auch gescheit bezahlt wird. Es geht uns gut, besser als den meisten Menschen, aber richtig reich sind wir nicht. Und außerdem wollte ich im Rheinauhafen auch gar nicht wohnen. Das gefällt mir da überhaupt nicht.

Was gefällt dir an Nippes?

Meine Familie ist hier sehr verwurzelt, meine beiden Kinder sind hundertprozentige Nippeser. Sie sind eng mit Pfarrer Thomas Diederichs und der evangelischen Kirchengemeinde verbandelt. Thomas ist für mich die Riesenausnahme im theologischen Geschäft. Der drängt dir keine Debatten über Gott und die Welt auf. Und trotzdem schafft er es, die Jugendlichen an die Gemeinde zu binden.

Ist Nippes ist auch ein Stück Heimat für dich, weil du hier deine Kindheit verlebt hast?

Ja klar. Wir stammen zwar aus Ehrenfeld, aber als ich sechs oder sieben Jahre alt war, ist meine Familie nach Nippes in die Christinastraße gezogen, in ein Haus der katholischen Kirche. Dort befindet sich noch heute der Kindergarten. Ich bin hier aufgewachsen, zur Kommunion gegangen, mein Bruder und ich haben die Grund- und Hauptschule in der Bülowstraße besucht. Mein Vater war dort Lehrer. Es ist wie ein Dorf für mich. Hier will ich auch bleiben.

Was hat sich im Veedel verändert?

Hier wohnt jetzt viel mehr Geld. Früher lebten am Baudriplatz noch Leute, die haben bei Clouth auf Schicht gearbeitet. Jetzt ist das Klientel viel gemischter. Es gibt viele Menschen mit türkischen Wurzeln. Das brauche ich auch als Ehrenfelder. Damit ist Nippes für mich sehr kölsch. Alles andere als diese Mischung wäre aber auch eine Verblendung und hat mit diesem Land nichts mehr zu tun. Und was ich total mag, ist der kurze Weg zum Rhein. Zu Fuß bin ich in zehn Minuten da. Ich gehe einfach gerne am Rhein mit meiner Frau spazieren.

Wir trinken gerade Früh-Kölsch, Brings ist das Gesicht der Kon-

kurrenz, der Gaffel Brauerei. Gibt es jetzt Ärger?

Ach Quatsch. Ich will mal eines klarstellen: Zwischen Gaffel und Brings gibt es keinen Vertrag, kein Stück Papier. Wir haben per Handschlag eine Vereinbarung getroffen, aber Geld ist noch nie geflossen. Wir sind Teil deren Kampagne, und wir profitieren voneinander. Es ist ein gegenseitiges Geben und Nehmen.

Seit kurzem machst du Werbung für die Miet-Fahrräder der KVB. Gibt es dafür auch kein Honorar?

Genau. Ich mache das gerne, weil ich noch nie einen Führerschein hatte und viel mit dem Fahrrad unterwegs bin. Aber bei dem Deal geht es darum, dass wir die KVB ins Boot holen, wenn wir im nächsten Jahr unser 25-jähriges Bandjubiläum feiern. Hoffentlich wie beim 20-Jährigen 2011 im Müngersdorfer Stadion. Die Eintrittspreise sollen niedrig sein, und die Leute sollen kostenlos mit der KVB an- und abreisen. Darum geht es bei der Geschichte.

Welches Publikum wollt ihr damit erreichen?

Die kleinen Leute. Das hat unser Mentor, der leider schon verstorbene Kölner Musikproduzent Karl-Heinz Pütz, erkannt: Unser Vater Rolly Brings singt vor linken pensionierten Lehrern, die eh wissen, worum es ihm in seinen politischen Botschaften geht. Aber wir erreichen die anderen Leute. Und das ist wichtig.

Worum geht es euch politisch?

Ich bin ein Linker und beziehe ganz klar demokratische und humane Positionen. Brings engagiert sich sicherlich mehr als andere kölsche Bands. Aber keine dieser Gruppen überschreitet die Grenze zur rechten Seite. Das gibt es in dieser Musikszene nicht. Brings will ja auch niemand politisch beeinflussen, sondern wir wollen unseren Standpunkt darlegen.

Wie seht ihr euch selbst aus dem musikalischen Blickwinkel? Als Stimmungskapelle, Karnevals- oder Rockband?

Wir sind eine Rockband im Karneval.

Mit dem Markenzeichen schottisch-kariertes Bühnenoutfit. Wie kam es dazu?

Als wir vor fünfzehn Jahren gemerkt haben, dass Karneval funktionieren kann, wollten wir uns von den bunten Jecken absetzen. Wir waren die Punks im Karneval. Mein Bruder Peter und ich haben Ende der 70er Jahre viel Punk-Musik gehört, und die englischen Punker hatten immer irgendwelche Schottenmuster in ihren Klamotten. Das haben wir dann übernommen. Jeder schottische Clan hat übrigens ein eigenes Muster. Unseres gehört zu den royal stewarts. Und irgendwann habe ich dann den Rock angezogen.

Wie schafft ihr es, erfolgreich zu sein, ohne den Bogen zu überspannen, so dass keiner mehr Brings hören oder sehen will?

Nicht alles spielen, was angefragt wird. Wir haben kein Management, sondern nur ein Büro, kümmern uns selber um unsere Sachen. Und machen unser eigenes Ding. Jetzt sind wir gerade wieder auf einer Tour durchs Rheinland, alle zwei Jahre treten wir in Hamburg, München oder Hannover auf. Aber das Gros im Publikum sind Exil-Rheinländer. Da machen wir uns nichts vor. Wer versteht in München denn schon kölsch? Und manchmal muss man sich auch rarmachen. Aber es gibt auch Orte, wo wir immer sind, wie beim alljährlichen Konzert im Waldbad in Dünnwald. Wir verstehen uns eben auch als Familienband.

Bei mir stellt sich immer ein Gänsehautgefühl ein, wenn Brings bei einer Karnevalssitzung auf die Bühne kommt, drei Takte anschlägt und der ganze Saal beispielsweise sofort „Kölsche Jung“ mitsingt. Geht euch das auch so?

Klar sind wir begeistert, wenn das Publikum sofort auf die angespielten Titel anspringt. Und der Kölsche Jung gehört neben Superjeilezick und Halleluja zu unseren erfolgreichsten Stücken. Das hätten wir nie gedacht. Das war doch ein unantastbarer Ausspruch, auf den Willy Millowitsch abonniert war. Und dann wird das Lied so erfolgreich und du denkst: Wie geil ist das denn? Alles richtig gemacht. Es war an der Zeit, den kölschen Jung nochmals neu zu erzählen. Und ich glaube, das ist uns ganz gut gelungen.

Macht singen glücklich?

Definitiv. Egal ob Berufssänger oder nicht. Und der große Erfolg aller möglichen Formate zum Mitsingen liegt auch daran, dass sich Menschen zusammen finden und zusammen singen. Ich sehe das als Gegenströmung zu den sozialen Netzwerken. Die sind doch gar nicht sozial. Da sitzen die Leute doch nur einsam vor ihrem Tablet oder Smartphone. Singen verbindet. Und für mich gilt immer noch der Spruch: Wo man singt, da lass dich ruhig nieder. Böse Menschen haben keine Lieder.

Vielen Dank für das Gespräch. Prost.

Auf ein Kölsch im Kappes mit Arndt Klocke

Eigentlich wollte Arndt Klocke Lehrer werden. Dann kam vieles anders und seit 2012 sitzt der 44-Jährige für Bündnis 90/Die Grünen zum zweiten Mal im Düsseldorfer Landtag. Er ist in Vlotho in Westfalen aufgewachsen, wohnt seit 2002 in Nippes und ist als verkehrspolitischer Sprecher seiner Fraktion genau der richtige Ansprechpartner für unser Schwerpunkt-Thema Verkehr in dieser Ausgabe.

Herr Klocke, was kann ein Landtagsabgeordneter in Düsseldorf für Nippes tun?

Das hängt vom Themenschwerpunkt ab. Beim Verkehr ist es beispielsweise der Radverkehr oder der Flughafen, Thema Nachtfluglärm. Ein großer Schwerpunkt ist die Sanierung der Brücken in Köln.

Aber Nippes hat keine Brücke.

Das stimmt. Aber die Einschränkung bei der Befahrbarkeit der Brücken hat Auswirkungen auf den Verkehr in der ganzen Stadt und damit auch in Nippes. Zurzeit sind wir in Gesprächen über die zukünftige Finanzierung des Bundes von Verkehrsprojekten. 60 Prozent der bisherigen Zuschüsse sollen nach 2019 wegfallen. Davon wäre auch Nippes betroffen. Denn es geht in diesem Zusammenhang auch um die Sicherstellung des öffentlichen Personennahverkehrs. Darüber habe ich kürzlich noch mit Jürgen Fenske, dem Vorstandsvorsitzenden der KVB gesprochen. Das betrifft auch Nippes mit seinen zwei U-Bahnlinien.

Da sind wir tatsächlich gut versorgt, aber es lässt sich ja immer noch etwas verbessern.

Wie beispielsweise U-Bahnstationen barrierefrei zu gestalten, und gute Anschlüsse zu gewährleisten.

Was meinen Sie damit?

Klappt beispielsweise der Übergang von der Bahn auf ein Leihfahrrad oder das Auto, um die letzte Strecke bis nach Hause zurückzulegen? Aber so weit sind wir noch nicht, weil an den Haltestellen Parkplätze fürs Carsharing fehlen oder Leihfahrräder. Die KVB ist gerade dabei, die ersten 900 Stück ab März in Köln zu testen. Die reibungslosen und zügigen Anschlüsse von einem zum anderen Verkehrsmittel zu schaffen, ist mir schon wichtig. Und da betrachte ich das Smartphone als Mobilitätsmanager der Zukunft.

Ein großes Thema der Grünen, nämlich Nachhaltigkeit, haben wir als Testfall mit der Neusser Straße als Klimastraße direkt vor der Tür. Wie bewerten Sie diese Idee?

Das Klimastraßenfest fand ich gelungen mit der Beteiligung vom Radlager bis zur Rhein-Energie. Es sollten ja Anreize gegeben werden, wie aufs Auto verzichtet werden kann. Das Projekt Klimastraße ist ein mutiger Schritt und soll zeigen, wie nachhaltiges Leben und Wohnen in Zukunft aussehen könnte. Nur die Bereitschaft der Geschäftsleute und Hauseigentümer ist leider eher zurückhaltend. Die Idee mit den Ladestationen für

Elektrofahrräder kommt nur mühsam voran. Und die Ladestation für Elektroautos auf dem Kaufhof-Parkplatz hat noch eher symbolischen Charakter. Köln ist eine wachsende Stadt, und diesen Zuwachs zu organisieren, auch was das Thema Klima in der Stadt betrifft, ist die große Aufgabe in den nächsten Jahren. Da könnte die Klimastraße auch eine Vorreiterrolle spielen.

Wie sieht denn die ideale Straße der Zukunft für Sie aus?

Stichwort: Shared Spaces, also geteilter Platz. Alle Verkehrsteilnehmer sind gleichberechtigt. Es gibt beispielsweise keine extra ausgewiesenen Rad- oder Fußwege. In Wohnstraßen ist nur Tempo 30 erlaubt, Einbahnstraßen sind in beide Richtungen für den Radverkehr geöffnet. Das setzt voraus, dass Verkehrsteilnehmer aufmerksam sind und sich und andere schützen.

Thema Radfahrer: Es werden immer mehr, und die vielen Fahrradleichen an der Neusser Straße sehen nicht gerade schön aus.

Abstellplätze für Fahrräder ist das große Thema in den nächsten Jahren. Im Landtag diskutieren wir gerade die Stellplatzverordnung im Rahmen der Neufassung der Landesbauordnung, das heißt die Vorschrift, bei Neubauten jeweils Stellplätze für Autos ausweisen zu müssen. Die können wir im Landtag ändern, um mit der Schaffung von Abstellmöglichkeiten auf den boomenden Radverkehr zu reagieren.

Wir haben gerade viele Sachthemen angesprochen, aber wie schaffen Sie es als Berufspolitiker und Landtagsabgeordneter den Kontakt zu den Menschen vor Ort zu halten?

Einmal im Quartal gibt es bei den Grünen die „Fraktion vor Ort“. Dann sind wir Abgeordneten in unserem Wahlkreis unterwegs. Im vergangenen Jahr habe ich beispielsweise den Buchsalon in Ehrenfeld besucht. Thema war die Situation inhabergeführter Läden, aber auch Probleme mit dem Lieferverkehr aufgrund des gewachsenen Online-Handels. Ich habe mich auch schon mit einem Imker an der Inneren Kanalstraße getroffen und mich über Bienenhaltung in der Großstadt informiert. Da passte der Name unserer Aktion, nämlich 'Ausschwärmtag‘, ziemlich gut.

Sie sind sozusagen gelernter Politiker, haben Politikwissenschaft, Soziologie und Pädagogik in Münster studiert, erstmals 2005 für den Landtag kandidiert und wollten eigentlich Lehrer werden.

Das stimmt. Ich wollte Germanistik studieren und bin tatsächlich an der Lateinpflicht für den Studiengang gescheitert. Jetzt diskutiere ich als Vorsitzender des Wissenschaftsausschusses im Landtag darüber, ob diese Pflicht abgeschafft werden soll. Aber Lehrer war schon mein Traumberuf. Ich bin gerne zur Schule gegangen, hatte eine gute Schulzeit. Jetzt bin ich zehn Jahre intensiv in der Politik tätig und mache dort genau das, was ich machen wollte.

Dann sind Sie schon am Ziel. Ministerpräsident oder Einzug in den Bundestag in Berlin ist kein Thema für Sie?

Nein, Berlin ist wirklich kein Thema für mich. Ich bin hier in Köln verwurzelt, mache Fachpolitik, habe mir mit Verkehr und Wissenschaft meine Themenbereiche im Landtag erarbeitet und bin beispielsweise auch gut in den Fahrrad-Verbänden vernetzt.

Seit mehr als zehn Jahren leben Sie in Nippes. Was schätzen Sie am Stadtteil?

Es gibt hier schöne Ecken. Ich wohne in der Schwerinstraße, in einer wirklich schönen Straße. Wir haben eine gute Hausgemeinschaft und machen einmal im Jahr ein Straßenfest. Hier fühle ich mich wohl. Nippes bietet eine gute Nahversorgung. Ich kann hier alles kaufen, was ich brauche. Der Zusammenhalt ist da durch den Bürgerverein >Für Nippes<, auch das Stadtteilmagazin, den Nikolausmarkt, Markt und Flohmarkt auf dem Wilhelmplatz und beispielsweise auch der kleinen Kaffeebude dort. Als Kinogänger fehlt mir nur ein Kino. Oder vielleicht eine Mischung aus Theater und Kinosaal. Das würde noch gut zu Nippes passen.

Vielen Dank für das Gespräch. Prost.

Nippes-Magazin

Auf ein Kölsch im Kappes mit Brigitte Rüntz

Das Kölsch war ein Weißwein, weil Brigitte Rüntz allergisch auf Gerste reagiert. Aber sonst hat die gebürtige Leverkusenerin nichts an Köln auszusetzen. Schließlich hatte die Malerin, die noch bei Joseph Beuys in Düsseldorf Kunst studierte, schon ihr erstes Atelier vor mehr als 30 Jahren in Nippes. Es folgten ein Laden und eine Malschule und mittlerweile ist die Künstlerin bekannt wie ein „bunter Hund" in Nippes.

Brigitte, Malerei ist eine alte Kunst. Ist sie heute, in unserer digitalen Welt, noch zeitgemäß?

Malerei ist konventionell, aber ich stehe dazu, dass ich Zeichnerin und Malerin bin. Konzept- oder Medienkunst sind nicht meine Welt, und die Malerei ist immer noch ein wichtiger Zweig der Kunst, der mich die letzten Jahre immer mehr beschäftigt hat. Ich besuche Ausstellungen und Messen und auf der Kölner Kunstmesse >Artfair< beispielsweise sieht man zu zwei Drittel Malerei. Technik und Motive verändern sich, es gibt beispielsweise Einflüsse aus Asien. Aber die Malerei bleibt.

Was fasziniert dich daran?

Die Möglichkeit, in eine andere Welt abtauchen zu können. Es entstehen Motive in meinem Kopf, die ich dann auf die Leinwand bringen kann. Auch wenn es schwierige Situationen im Leben gibt, kann ich eine eigene Welt erschaffen. Ein Mix aus aufgesogenen Eindrücken von überall und Studien in der Natur entsteht, kombiniert zu neuen Zusammenhängen, teilweise auch zu etwas, was es in Wirklichkeit gar nicht gibt. Deshalb sind meine Bilder manchmal sehr fantastisch. Und es macht darüber hinaus Freude, die eigenen Fähigkeiten und Fertigkeiten weiterzuentwickeln. Ich schaue immer, wo ich noch was lernen kann.

Du bist seit mehr als 30 Jahren Künstlerin in Nippes. Was hat sich in den zurückliegenden Jahren verändert?

Ganz gravierend war der Weggang der Künstler vom Clouth-Gelände, als die Sanierung begann. Vorher war es eine wunderbare Zeit. Während der ›Offenen Ateliers‹ im Herbst hat es immer gebrummt in Nippes. Die Besucher sind in Scharen auf das Fabrikgelände geströmt, aber auch in andere Ateliers. Ich habe so viele Künstler kennengelernt. Großer Fan bin ich von Brigitte Reisz und Michael Nowottny.

Viele Künstler kennen dich auch als Geschäftsfrau. Du hast im Rahmengeschäft Krähmer in der Blücherstraße gearbeitet, anschließend neun Jahre im eigenen Laden Künstlerbedarf verkauft und hast mittlerweile Atelier und Malschule Malhambra an der Neusser Straße.

Das war damals eine zufällige Begegnung mit der Inhaberin Claudia Krähmer, die ja sehr kooperativ ist. Sie fragte mich ziemlich unvermittelt, ob ich in ihrem Laden arbeiten wolle und ich habe spontan zugesagt. Die Arbeit hat mir wirklich viel Spaß gemacht. Die Beratung der Kunden, das gesamte Bestellwesen, die Schaufenster-Dekoration. Ich hatte stets Kontakt zur Kunst und zum Malen. Ich hatte vorher aufgrund einer Umschulung in der EDV (elektronische Datenverarbeitung, Anmerk. d. Red.) gearbeitet. Hier in Nippes merkte ich wieder, was ich kann und was ich will in meinem Leben. Kunst eben.

Du hast zwar Kunst auf Lehramt studiert, aber den Beruf nicht dauerhaft ausgeübt. Warum?

Ich bin damals in Latzhosen zu meiner ersten Stelle gegangen, in ein konservatives Gymnasium in Bergisch Gladbach. Das hat nicht gut harmoniert, und nach einem Jahr habe ich das Handtuch geworfen, mir ein Atelier gesucht und habe gejobbt, um finanziell über die Runden zu kommen. Damals lebte ich in einer Wohngemeinschaft im Bergischen, auf dem Land. Wir hatten ein Schaf, und das Gras habe ich mit der Sense geschnitten. Wir haben demonstriert, ich war bei der Besetzung des Stollwerck-Geländes dabei und bin nach La Gomera gereist. Ich war geprägt von der damaligen Zeit.

Stand die Malerei da schon im Vordergrund für dich?

Nicht die Acrylmalerei. Ich habe Porzellan und Keramik bemalt und auf Märkten und bei Ausstellungen verkauft. Studienfreunde aus Düsseldorf hatten sich schon lange nach Köln orientiert, und so bin ich hierhin gekommen, wohne schon seit mehr als 30 Jahren in der Cranachstraße. Beruflich habe ich ein paar Umwege gemacht, bis ich wieder bei der Malerei gelandet bin.

Wie kam es dazu, dass du vor 15 Jahren die Malschule eröffnet hast?

Ich wollte einen Ort der Begegnung für Menschen schaffen, die sich auf den Weg zur Kunst machen. Zunächst wurden den Kunden besondere Farben oder Techniken im Geschäft vorgestellt. Aus diesen Produktpräsentationen entwickelten sich schnell Kurse. Parallel dazu habe ich in den letzten Jahren doch wieder an Schulen unterrichtet, unter anderem auch am Blüchergymnasium. Es macht einfach Freude, die eigenen Kenntnisse weiterzugeben. Aber mittlerweile strengt mich das Unterrichten sehr an, weil ich chronisch krank bin. Ein Zeckenbiss war die Ursache. Deshalb würde ich mich gerne peu à peu aus der Malschule zurückziehen, aber nur, wenn ich gute Dozenten finde, die meine Arbeit fortführen und das erhalten, was in den letzten Jahren entstanden ist.

Geht eine Malerin in Rente?

Nicht wirklich. Ich bin zwar jetzt über 60 und habe bisher nur geringe Rentenansprüche angespart, allerdings erhalte ich aufgrund meiner Erkrankung eine Teilrente. Über die Rente macht man sich erst, wenn man älter wird, wirklich Gedanken. Ich werde also weitermachen, werde hoffentlich noch ab und zu ein Bild verkaufen und gute Ausstellungen machen.

Wo kann man Bilder von dir sehen?

Bisher habe ich im Torhaus der Flora ausgestellt und bei der Kölner Bank in Nippes. Bilder von mir stehen natürlich im Atelier. Viele Jahre war ich einfach nicht überzeugt genug von mir und zu schüchtern, mich auf Ausstellungen zu präsentieren. Die Leute sollten zwar meine Bilder sehen, aber ich wollte dahinter zurücktreten. Das passt natürlich nicht zusammen, und ich habe lange gebraucht, diese Hürde zu überwinden. Mir fehlte das nötige Selbstbewusstsein. Das habe ich über die Arbeit in den Kursen mittlerweile aufgebaut. Dieser Umweg war wohl nötig.

Wie sieht für dich der Idealzustand als Künstlerin in Nippes aus?

Ich möchte vom Druck befreit sein, die Räume zum Malen und zum Unterrichten finanzieren zu müssen. Ich würde meine Schüler einfach kostenlos unterrichten, regelmäßig zum Zeichnen in die Flora gehen, mich mit vielen Gleichgesinnten austauschen und natürlich malen. Damit könnte ich schon meine Wochen verbringen.

Vielen Dank für das Gespräch. Prost.

Auf ein Kölsch im Kappes mit Mara Bergmann

„Ich lebe gerade auf der Autobahn", sagt Mara Bergmann (32), die wir einen Tag vor ihrem Abflug nach Indonesien zu Dreharbeiten für eine neue Verbrauchersendung treffen. Wegen einer Impfung vor der Reise nach Asien muss sie beim Interviewtermin auf Alkohol verzichten und sich mit Apfelschorle begnügen. Die Moderatorin der WDR-Lokalzeit wurde in Nippes geboren und ist hier aufgewachsen.

Mara, wir waren mal Kolleginnen in der Lokalredaktion des Kölner Stadt-Anzeigers. Wie wird man Moderatorin der WDR-Lokalzeit?

Bei mir ging das über den Umweg Düsseldorf. Bei einer Silvesterfeier in einem Hotel in Düsseldorf hat mich eine Mitarbeiterin des WDR angesprochen und darauf aufmerksam gemacht, dass der Kölner Sender eine neue Moderatorin für die >Lokalzeit< sucht. Ich habe dann eine relativ kurze Mail mit meinem Demo-Video geschickt, lange nichts mehr gehört und die ganze

Sache schon fast wieder vergessen. Dann wurde ich doch zum Gespräch eingeladen. Und jetzt bin ich schon seit 2011 dabei.

Was macht dir Spaß an dieser Arbeit?

Erst mal ist es ganz toll, wieder in meiner Heimatstadt zu sein. Ich arbeite ja schon seit zehn Jahren beim ZDF in Mainz und bin gern wieder nach Köln gekommen. Beim WDR sitze ich mitten in der Stadt, sozusagen im Brennpunkt. Worüber wir berichten, spielt sich direkt vor unserer Tür ab: Da zieht die Demo oder der Karnevalszug direkt an meinem Büro vorbei. Köln ist für mich ganz vielseitig, ganz lebendig, hat kulturell viel zu bieten, die unterschiedlichen Veedel und vor allem sehr offenherzige, sympathische und kreative Menschen. Geschichten dieser Menschen zu erzählen und mich mit dem zu beschäftigen, was die Menschen in unserer Region jeden Tag ganz konkret bewegt, macht mir großen Spaß. Außerdem liebe ich es, vor der Kamera zu stehen und mit einem tollen Team jeden Tag eine Livesendung zu produzieren. Die Entscheidung für den WDR war definitiv der richtige Schritt für mich.

Beim ZDF waren es viele Verbraucherthemen, die du bearbeitet hast. Lokalzeit ist Lokaljournalismus pur. Was reizt dich daran?

Geschichten, die uns berühren, können sich überall abspielen, sei es in Nippes oder irgendwo in Indonesien. Von der Liebesgeschichte bis zum geplatzten Hausbau, das ist in allen Kulturen und allen Erdteilen gleich. Kern des Lokaljournalismus ist dieser Mikrokosmos, der universell ist, und es wird niemals langweilig, darüber zu berichten.

Jetzt zum Mikrokosmos Nippes. Was bedeutet dieser Stadtteil für dich?

Ich bin in Nippes geboren, als Hausgeburt in der Merheimer Straße, gegenüber der Lutherkirche, die damals noch nicht offiziell Kulturkirche war. Die vielen Feste und Konzerte dort haben mich aber schon als Kind fasziniert. Ich bin auf die Montessori-Grundschule in Riehl gegangen und später dann auf die Ursulinenschule. Nippes ist einfach meine Heimat. Wenn ich hier durch die Straßen gehe, erscheinen ganz schnell wieder Bilder aus meiner Kindheit vor meinem inneren Auge. Wie meine Schwester und ich Detektiv gespielt haben, Passanten um Autogramme gebeten, sogar Spielfilme gedreht haben.

War Journalistin schon immer dein Berufswunsch?

Als Kind wollte ich Journalistin, Detektiv oder Schauspielerin werden. Mit meiner Schwester zusammen habe ich mehrere Spielfilme gedreht. Der erste hieß ´Das Geheimnis der schwarzen Katze` und meine Gastfamilie in Frankreich haben wir mit dem Film ´Das Schweigen der Hasen` genervt. Aber alle haben brav mitgemacht und eine Gastrolle übernommen. Filme machen war schon ein Megahobby von mir.

Nach dem Abitur hast du allerdings angefangen, Jura zu studieren.

Ja, ich dachte mir, ich schaffe mir gute juristische Grundlagen und verbinde das mit dem Journalismus. Ich habe als Studienanfängerin dann ein Online-Tagebuch für den >Kölner Stadt-Anzeiger< geführt. Aber es kam dann anders. Ich habe Journalistik in Dortmund studiert, ein Volontariat beim ZDF gemacht und bin dort hängen geblieben. Ich arbeite für das Verbrauchermagazin >Wiso<, war vorher mehrere Jahre lang Reporterin beim >Mittagsmagazin< und bei >ZDF-Reporter<. Moderiert habe ich außerdem das >ZDF-Umweltmagazin<. Ich bin sehr vielseitig interessiert, aber Umweltthemen haben mich schon als Kind sehr beschäftigt.

Das hat auch Radio Köln entdeckt.

Ja, und dazu gibt es eine ganz lustige Geschichte. Als Zehnjährige habe ich mich bei Radio Köln kurz vor dem Weltkindertag gemeldet. Kinder sollten darüber berichten, was ihrer Meinung nach in ihrem Umfeld schief läuft. Ich habe mich furchtbar darüber aufgeregt, dass unsere Vermieterin den Garten mit Platten belegen wollte. Ich habe zu dem Thema dann nicht nur ein Interview mit meiner Schwester gemacht, sondern auch mit meinem Meerschweinchen. Danach habe ich noch häufig für

Radio Köln als Kinderreporterin gearbeitet und durfte sogar mal als Co-Moderatorin live ans Mikrofon. Da habe ich dann wirklich Feuer gefangen.

Bei vergangenen Dreharbeiten gibt es doch bestimmt einige Höhepunkte, an die du dich besonders gern erinnerst?

Ich bin ein absoluter Wassersportfan und habe einmal vor der italienischen Insel Elba unter Wasser moderiert. Besonderen Spaß gemacht hat auch eine Moderation beim Wasserski fahren. Ich bin ein Typ, der alles ausprobiert und sich nicht scheut, Ungewöhnliches zu machen und zu experimentieren.

Sind bei diesem spannenden Beruf Familie und Kinder ein Thema für dich?

Den perfekten Zeitpunkt für Kinder gibt es sicherlich nie, und ich habe mir immer noch ein Stück meiner kindlichen Neugier behalten. Es ist sicherlich etwas ganz Besonderes, Kinder zu haben und ohne Kinder würde ich später vielleicht sagen, ich habe etwas verpasst im Leben. Aber zurzeit ist das für mich kein Thema. Jetzt gerade packe ich meine Power in den Job.

Vielen Dank für das Gespräch. Prost.

Auf ein Kölsch im Kappes mit Marius Jung

Er ist ein Vollprofi auf der Bühne und dahinter, denn der gebürtige Trierer Marius Jung (49) arbeitet nicht nur als Schauspieler und Comedian, sondern auch als Coach und Regisseur hinter den Kulissen. Wir unterhalten uns sehr lange und sehr entspannt über seine Arbeit, Auftritte auf Kreuzfahrtschiffen und sein erstes Buch. Seit 20 Jahren lebt er gut und gerne in Nippes.

Herr Jung, eigentlich wollte ich Sie als erstes fragen, wie es sich als Neger in Nippes lebt. Aber nach der Lektüre Ihres Buches „Singen können die alle! – Handbuch für Negerfreunde" kann ich nur fragen: Wie lebt es sich als Mensch in Nippes?

Sehr gut. Ich mag die Infrastruktur hier. Ich liebe Märkte, und dieser hier in Nippes ist etwas Besonderes, ein täglicher Allesmarkt und der größte derartige Markt in Europa. Ich liebe mein Viertel und kann hier auch mal einkaufen, wenn ich mein Portemonnaie vergessen habe. Ich komme vom Dorf, lebe in der Stadt und trotzdem ist es wie ein Dorf, weil ich so viele Menschen hier kenne.

Wie kamen Sie eigentlich dazu, ein Buch zu schreiben?

Auf der Bühne mit Sprache zu spielen, fand ich schon immer spannend. Das Schreiben eines Buches ist wieder eine ganz andere Herangehensweise und hält somit das Hirn kreativ. Denn auf der Bühne sagt ein Gesicht mehr als 1000 Worte. Im Buch müssen die Worte alles erzählen und beim Leser die Bilder öffnen. Und was ich im Buch schreibe bleibt.

Der Untertitel Ihres Buches lautet „Handbuch für Negerfreunde" und klingt politisch nicht korrekt. Warum haben Sie das Buch geschrieben?

Weil es mein Thema ist. Ich bin in Deutschland als Schwarzer geboren, aufgewachsen und lebe hier. Dadurch habe ich viele Dinge erlebt, die andere Menschen nicht erleben und habe das schon lange auf der Bühne thematisiert. Ich habe gemerkt, dass es zu diesem Thema viel zu erzählen gibt. Und das wollte ich nicht bierernst tun, sondern ironisch und provokativ.

Das ist Ihnen gelungen. Sie haben den alltäglichen Rassismus beschrieben und das auch noch sehr witzig.

Mir war es so wichtig zu zeigen, dass ganz viel Rassismus ja nicht aus Böswilligkeit entsteht, sondern aus Unwissenheit, und das ist manchmal komisch. Komik entsteht, wo Reibung entsteht. Und wenn Menschen lachen, dann bin ich direkter an ihnen dran und kann sie mit Themen konfrontieren, die mir wichtig sind. Kann einfach ein Stück weiter gehen.

Ab Herbst gehen Sie mit dem Programm zum Buch auf Tournee. Ist das dann Comedy oder eher politisches Kabarett?

Ich arbeite gerade am Programm zum Buch. Premiere ist am 18. Oktober mit „Singen können die alle!"- vom Neger zum Maximalpigmentierten". Das ist Kabarett. Es braucht immer ein Label, ein Etikett, um den Leuten eine Richtung zu geben. Engländer und Amerikaner unterscheiden überhaupt nicht zwischen Kabarett und Comedy, und mir persönlich ist das auch wurscht. Ich unterscheide eher zwischen gut und schlecht.

Was ist denn für Sie ein guter Auftritt?

Ich gehe auf die Bühne, um etwas zu erzählen. Ich möchte die Leute unterhalten, zum Lachen bringen und berühren. Das öffnet ihre Herzen und dann kann ich sie auch mit mir wichtigen Themen konfrontieren.

Wie beispielsweise die politisch korrekte Nutzung bestimmter Begriffe in Kinderbüchern.

Genau. Wenn ich den Negerkönig aus dem Kinderbuchklassiker Pippi Langstrumpf tilge, dann schaffe ich ein neues Tabu, weil das Wort ausgeblendet wird. Wir reden nicht mehr darüber, und damit wird das Thema auch nicht mehr angepackt. Denn ein Wort kann ja nicht böse sein, sondern nur der, der es benutzt. Da wird eine völlig falsche Diskussion geführt. Und, um beim Beispiel Pippi Langstrumpf zu bleiben, nicht die Autorin Astrid Lindgren war rassistisch, als sie das Buch schrieb, doch die Welt, in der sie lebte. Das muss Kindern erklärt werden. Und das geht nur mit dem Original.

Was macht Ihnen Spaß an Ihrer Arbeit auf der Bühne?

Es gibt kaum etwas Schwierigeres, als Menschen zum Lachen zu bringen, und es macht Spaß herauszufinden, was lustig ist, damit die Menschen lachen. Man sieht lustige Dinge oder Begebenheiten und muss die verstehen. Damit etwas allerdings lustig ist und alle lachen, muss es universell sein und in unserem Leben stattfinden. Das Publikum und ich müssen über die gleichen Bilder im Kopf verfügen. Dann kann ich abstruse Geschichten erzählen und den Leuten den Spiegel vorhalten.

Wie entstehen Auftritte, Texte, ein neues Programm?

Es gibt Nummern, die ich nie aufschreibe, sondern auf der Bühne entwickele. Ansonsten schreibe ich alles an Ideen auf, auch

Geschichten, die ich erlebe, arbeite zum Teil auch mit Autoren zusammen, mit denen ich schon lange befreundet bin. Wir entwickeln dann gemeinsam Nummern. Wichtig ist immer eine klare Haltung zu dem, was ich erzählen möchte. Sonst ist es vielleicht witzig, aber auch uninteressant.

Wie ist es eigentlich, auf einem großen Kreuzfahrtschiff aufzutreten?

Dort zu spielen ist fantastisch. Die Leute sind im Urlaub, und somit sehr entspannt. Und die Stimmung ist der Hammer, wenn man von mehr als 1000 Menschen umjubelt wird. Das macht Spaß.

Und wann können wir Sie in Nippes sehen?

Ab Herbst mache im Heimathirsch meine eigene Show mit dem Namen „Spätvorstellung". Es ist eine Comedy-Talkshow mit zwei Gästen, mit Spielen, Improvisation und Gesang. Hier sieht man Künstler, wie man sie sonst nicht erlebt. Es geht los am 18. September.

Sie touren durch ganz Deutschland. Ist das Publikum sehr unterschiedlich?

Jedes Publikum ist anders. Ich behandele es wie einen Gesprächspartner. Und für ein gutes Gespräch muss man sein Gegenüber spüren. Sind wir im gleichen Rhythmus, haben wir auch viel Verständnis füreinander. Deshalb mache ich auch gerne Regie und Coaching. Mit Menschen am Rhythmus und dem Gespür für sich und andere zu arbeiten, macht viel Spaß.

Vielen Dank für das Gespräch. Prost.

Nippes-Magazin

Auf ein Kölsch im Kappes mit Regina Schier

Diesmal war das eine Kölsch eine Cola, denn – kaum zu glauben – Regina Schier mag kein Kölsch, obwohl sie als echt kölsches Mädchen vor mehr als 54 Jahren im Klösterchen geboren wurde und „den Dom immer im Herzen trägt". Wer Fußball in Nippes sagt, kommt schnell in Kontakt mit der umtriebigen Frau vom >DJK Grün-Weiß Nippes<.

Regina, deine Familie engagiert sich intensiv für Grün-Weiß Nippes.

Na ja, viele nennen den Fußballverein DJK Grün-Weiß Nippes mit immerhin rund 500 Mitgliedern schon Grün-Weiß Schier. Aber wir verstehen uns immer noch als Familienverein, wir machen unser Ehrenamt mit Herzblut und Liebe und betrachten es nicht als Geschäft. Uns sind die Menschen, mit denen wir es zu tun haben, ganz viel wert. Wir treiben Sport, um der Menschen Willen, wie es im Leitmotiv des Vereins heißt.

„Wir" heißt aber auch zum großen Teil Familie Schier.

Ja, das stimmt. Mein Mann Willy ist seit 50 Jahren Mitglied, seit 45 Jahren Trainer und seit 22 Jahren erster Vorsitzender, ich bin schon seit 25 Jahren Jugendleiterin und unsere drei Kinder sind natürlich Mitglieder bei Grün-Weiß und haben auch alle ehrenamtliche Posten im Verein. Aber diese Ehrenämter klappen nur mit dem Rückhalt in der Familie. Und dafür möchte ich mich an dieser Stelle ganz herzlich bedanken und auch bei den vielen anderen Menschen, die mich immer tatkräftig unterstützen.

Warum betreibt ihr dieses Ehrenamt so intensiv?

Tja, wo die Liebe hinfällt. Mein Vater und meine vier Brüder waren schon Mitglieder bei Grün-Weiß Nippes. Und als ich Willy dann kennenlernte und auch auf den Fußballplatz ging, schlug meine Mutter die Hände über dem Kopf zusammen und sagte nur: „Nä, du jetzt nicht auch noch."

Aber euer Engagement geht über den Fußball weit hinaus. Ihr veranstaltet mit den Vereins-Kindern sogar eine Ferienfreizeit.

Seit 13 Jahren fahren wir regelmäßig im Sommer mit 15 bis 20 Kindern nach Österreich, in den Lungau, in ein Jugendgästehaus. 13 Tage Leben ohne Handy, Fernsehen und Playstation.

Und das klappt?

Ja, das klappt. Wir unternehmen viel, sind ständig draußen, veranstalten kleine Olympiaden oder auch ein Quiz in der Natur. Und abends sind die Kinder einfach platt. Und die wollen ja auch lernen. Wenn man denen was anbietet, dann sind die auch dabei. Uns geht es um das soziale Miteinander, dass sie sich umeinander kümmern. Wir meckern häufig über die Jugend, aber engagieren uns zu wenig für sie. Dafür opfern wir gerne unseren Urlaub.

Das ist Sozialarbeit im Ehrenamt.

Über diese Form von Sozialarbeit könnte ich Bücher schreiben. Es ist der Spaß und die Freude, die der Umgang mit den Kindern und Jugendlichen bedeutet. Du lernst selber ständig dazu, bist Vertrauensperson, kannst bei Konflikten in der Familie vermitteln und auch ein Stück deiner Ideale weitergeben.

Dazu gehört auch die legendäre Nubbelverbrennung für Kinder am Karnevalsdienstag.

Mein Mann und ich sind in großen Familien aufgewachsen und haben mit der Verwandtschaft einen Verein gegründet >En Familisch met Hätz<. Wir gehen im Dienstagszug in Nippes mit und veranstalten am frühen Abend im Klubheim von Grün-Weiß auf der Bezirkssportanlage eine Nubbelverbrennung für Kinder. Denn die können nicht bis Mitternacht wach bleiben. Und Kinder sollen ja unser kölsches Brauchtum erleben, damit es weiter besteht. Aber das müssen wir ihnen ja auch erst mal beibringen.

Dieser Einsatz ist schon sehr ungewöhnlich.

Wir möchten den Kindern etwas mitgeben. Wenn man nichts für die Jugend tut, wofür lebt man dann? Natürlich ist ein Stück Selbstverwirklichung dabei. Im Verein beispielsweise kann man mitgestalten, formen, den Verein auch prägen. Du bist stolz, wenn die ehemaligen Vereins-Kinder ihre Kinder bei uns anmelden. Für sie schließt sich ein Kreis im Leben, und das kann man nicht mit Geld aufwiegen. Aber wir sind schon im positiven Sinnen bekloppt. Manche sagen auch, wir haben grün-weiße Blutkörperchen im Blut.

Der >DJK Grün-Weiß Nippes< gehört zum katholischen Sportverband. Was bedeutet Religion für dich?

Glauben ist wichtig für mich. Wobei wir im Verein nahezu alle Religionen und Glaubensrichtungen vertreten haben und jeder soll bitteschön glauben, was er möchte. Glauben ist für mich auch Gemeinschaft, zusammen lachen und weinen, eine Schulter zum Anlehnen zu haben, aber auch die Freude miteinander zu erleben. Dieses Miteinander geht leider immer öfter verloren.

Wie äußert sich das?

Für viele Menschen wird alles so selbstverständlich, auch das, was wir im Verein machen. Bei uns gibt es elf Jugendmannschaften und jede hat ihre eigene Weihnachtsfeier. Das ist auch eine Form von Wertschätzung von uns, dem Vorstand. Ab und zu mal ein Dankeschön wäre schon hilfreich.

Wie lang willst du dich noch im Verein engagieren und Jugendleiterin bleiben?

Ich hatte gedacht, dass ich den Posten der Jugendleiterin abgebe, wenn ich 50 Jahre alt bin. Aber meine Kinder meinten, wer mit 50 noch so jung ist und noch alles mitmacht wie ich, mit diesem Wissen und der Erfahrung und vor allem dem Respekt, der mir entgegen gebracht wird, der ist an dieser Stelle im Verein genau richtig und sollte weitermachen. Und sich um Jugendliche zu kümmern und auch mal Konflikte aus dem Weg räumen, macht für mich auch das Ehrenamt im Sport aus.

Auch, weil Frauen im Fußball immer noch nicht wirklich selbstverständlich sind?

Frauen im Fußball werden immer noch belächelt, es fehlt generell der Respekt. Ich bin vor 13 Jahren zur Vorsitzenden für >Freizeit und Breitensport< im >Fußballverband Mittelrhein<, Kreis Köln gewählt worden. Ich war die erste Frau im Vorstand. Nur mit Wissen und einer gehörigen Portion Selbstsicherheit findet man dort Anerkennung. Das war eine Herausforderung für mich, und es hat geklappt. Männer denken eben immer noch, dass Frauen und Fußball nicht zusammen passen, aber wir sind in einem Zeitalter, wo Frauen machen, was sie wollen.

Das wäre jetzt ein schönes Schlusswort, aber ich muss noch fragen, was dir Nippes bedeutet.

Nippes ist Köln, und Köln is e Jeföhl. Das ist meine Heimat und ich habe den Dom immer im Herzen. Ich liebe die kölsche Denkweise, das „Jeder Jeck ist anders“ und „Levve und levve losse“. Das ist schnell daher gesagt, aber es ist schon etwas Wahres dran.

Vielen Dank für das Gespräch. Prost.

Auf ein Kölsch im Kappes mit Didi Broicher

Der 55-jährige Weidenpescher hat den Karneval mit der Muttermilch aufgesogen, denn er kam am Karnevalsdienstag im St. Vinzenz-Hospital zur Welt. Schon damals zog die >Nippeser Bürgerwehr< durchs Krankenhaus und brachte dem kleinen Dietmar das erste Ständchen. Als Präsident hält der Karnevalsprinz von 2003 die 400 Appelsinefunke jetzt zusammen.

Herr Broicher, war es nach diesem frühkindlichen Erlebnis eigentlich selbstverständlich, dass Sie in die >Nippeser Bürgerwehr< eingetreten sind?

Auf jeden Fall. Ich bin 1992, ein Jahr, bevor Wicki Junggeburth als erster singender Prinz durch die Säle zog, Mitglied der Bürgerwehr geworden. Meine Frau und meine beiden Kinder sind es übrigens auch. Ich habe mir unser Dreigestirn damals angeschaut und zu unserem Präsident Manfred Wolff gesagt: „Dat möchte ich auch ens machen."

Und zehn Jahre später, 2003, zum hundertjährigen Bestehen der Bürgerwehr, waren Sie tatsächlich der Prinz.

Prinz zu sein, war schon mein Kindheits- und Jugendtraum. Noch heute habe ich zwei bis drei Einladungen im Monat, die an den ehemaligen Karnevalsprinz gerichtet sind.

Ist „Einmol Prinz zo sin" ein anstrengender Job?

Ja, egal wie kurz oder lang die Session ist, 440 Auftritte kommen trotzdem zusammen. Wenn mich andere Prinzen in spe fragen, was das alles kostet, kommt die Antwort erst zum Schluss. Denn vorab muss geklärt sein, ob man drei Monate im Job abkömmlich ist und ob die Familie mitmacht. Erst dann kommt die Frage nach dem Geld.

Warum engagieren Sie sich in einem Karnevalsverein?

Mit der Wache unterwegs zu sein, macht den größten Spaß. Dabei tanze ich gar nicht. Wir unterhalten die Leute, bringen gute Laune mit, und das Tanzpaar auf der Bühne wirbelt. Hinterher im Bus ist ebenfalls meistens gute Stimmung, und wir lachen viel. Die Teilnahme am Rosenmontagszug und hier in Nippes am Dienstagszug sind natürlich auch Gründe.

Und nicht zu vergessen die Sitzung an Weiberfastnacht auf dem Wilhelmplatz.

Die ist etwas ganz Besonderes. Ein Besucher hat mir einmal gesagt, dass er dort so nah wie sonst nirgendwo ans Dreigestirn kommt. Ach ja, ich hatte ganz vergessen, die Leitung der Sitzungen zu erwähnen. Das übernehme ich auch und auch sehr gerne.

In Nippes veranstaltet die Bürgerwehr seit Jahren im Mai ein großes Straßenfest, das allerdings nicht bei allen Anklang findet.

Wir können es nicht jedem Recht machen, obwohl wir immer bemüht sind, eine bunte Mischung anzubieten. Das Fest ist jedes Jahr rappelvoll, die Händler kommen immer wieder und sind offensichtlich zufrieden. Für viele ehemalige Nippeser ist das der Treffpunkt im Jahr, um ehemalige Nachbarn und alte Bekannte wiederzusehen. Ich kenne sonst keinen Karnevalsverein, der ein derart großes Straßenfest organsiert. Und wir wollen es beibehalten.

Das ist das Erbe von Manfred Wolff, der mehr als 20 Jahre Präsident und Kommandant gleichzeitig war. Und seit 2009 stehen Sie an der Spitze der Bürgerwehr.

Ich wollte das Amt nur drei Jahre übernehmen und dachte, nach der Pflicht als Karnevalsprinz kommt jetzt die Kür als Präsident und habe okay gesagt.

Und dann haben Sie um drei Jahre verlängert.

Ja. Ich bin derjenige, der unsere 400 Mitglieder zusammenschweißt. Das ist meine Hauptaufgabe. Dazu kommt die Präsentation nach außen. Wirklich was zu sagen, habe ich allerdings nur bei den Vorstandssitzungen und der Vollversammlung. Im Feld muss ich mich unserem Kommandant Markus Lambrechts unterordnen.

Manfred Wolff war noch beides in einer Person.

Ja. Und er hat die ›Nippeser Bürgerwehr‹ groß nach vorn gebracht. Seit 2001 sind wir eines der neun Traditionscorps im Festkomitee Kölner Karneval und haben dadurch Mitglieder aus allen Stadtteilen, auch von der Schäl Sick. Und insgesamt dreimal das Dreigestirn gestellt.

Der plötzliche Tod von Wolff 2009 hat die Bürgerwehr damals getroffen.

Die Beerdigung war meine erste Amtshandlung als Präsident. Ich ging als Erster hinter dem Sarg, noch vor der Familie. Das hatte sich Manfred so gewünscht. Für mich war das eine besondere Erfahrung und andererseits auch eine große Ehre.

Aber trotz Traditionscorps fühlt sich die Bürgerwehr dem Stadt-

teil Nippes verpflichtet?

Natürlich. Wir sind sehr stolz, den Vorortnamen zu tragen. Wir identifizieren uns mit Nippes. Seit 2008 haben wir am 11.11. den Fackelzug von der Eigelsteintorburg über die Neusser Straße in unser Standquartier, den Golde Kappes. Zuerst hatten wir überlegt, die Eigelsteintorburg symbolisch zu besetzen, aber das nahmen uns die Jecken übel. Wir sind sozusagen von Nippes weg gegangen. Jetzt machen wir es umgekehrt, gehen vom Eigelstein durch die Torburg nach Nippes. Das geht in einem Strich die Neusser entlang und das ist schön.

Haben Sie eigentlich noch ein anderes Hobby außer Karneval?

Ich spiele seit eineinhalb Jahren Golf. Das kann ich bis ins hohe Alter tun, zusammen mit meiner Frau und bin an der frischen Luft. Gleichzeitig treffe ich viele andere Karnevalisten und auch den Präsident des Festkomitees.

Und ihr Handicap?

Das ist schlecht, 30,8. Aber mir kommt es auf die Bewegung an. Bei einem 18-Loch-Platz sind Sie rund zehn Kilometer zu Fuß unterwegs.

Dabei ist der Karneval eine Sache, die die gesamte Freizeit ausfüllt.

Das ist richtig. Denn auch im Sommer gibt es viele Termine und ich bin schon häufig unterwegs. In zwei Jahren stehen wieder Wahlen an. Bis dahin überlege ich, ob ich nochmals als Präsident kandidiere.

Vielen Dank für das Gespräch. Prost.

Auf ein Kölsch im Kappes mit Hans Werner Lübbert

Ein richtiges Interview wurde es dann doch nicht. Schuhmacher Hans Werner Lübbert, den fast ganz Nippes kennt, weil er seit 33 Jahren, seit 1980, den Schuh-Service in der Auguststraße betreibt, erzählt und erzählt und erzählt („Ich war schon immer ein Plappermaul"). Dabei kommen sehr persönliche Geschichten aus seinem Leben zu Tage und die Reporterin wundert sich, wie ein Mensch trotz derartiger Tiefschläge im Leben nicht resigniert, sondern immer wieder aufsteht, den Kopf oben behält und weiter geht.

Herr Lübbert, viele kennen Sie als freundlichen Schuhmacher, der stets gut gelaunt ist und schon immer zu Nippes gehört. Wie alt sind Sie eigentlich?

Ich bin 66 Jahre alt, habe sechs Kinder und war zweimal verheiratet. Wir hatten ja früher kein Fernsehen. War jetzt ein Scherz. (lacht) Und bin schon seit einem Jahr Rentner.

Aber Sie stehen doch noch jeden Tag im Laden.

Ja, denn ich muss so lange arbeiten wie ich kann.

Warum?

Die Rente reicht nicht. Meine Kunden finden das natürlich gut, dass ich weiterhin für sie da bin.

Und Sie?

Na ja, ich kann nichts daran ändern.

Haben Sie denn nicht vorgesorgt?

Doch, aber nachdem sich meine zweite Frau vor drei Jahren von mir getrennt hat, war ich auch meine Lebensversicherung los. Das Geld hatte ich in den Umbau eines Hauses im Siegerland gesteckt. Das sollte unser Altersruhesitz werden. Aber ich hatte die falschen Vorkehrungen getroffen und mit der Scheidung war auch das Haus futsch. Das bisschen Rente, das ich jeden Monat bekomme, ist nur wie ein besseres Taschengeld.

Aber das hat Sie nicht am Leben verzweifeln lassen?

Nein, ich habe mir gesagt: Werner, bleib stark. Da stehste drüber. Immer den Kopf oben behalten. Und dann habe ich mir mein Leben wieder aufgebaut. Was ich verloren habe, waren 30 Kilogramm Gewicht. Aber das konnte ich gebrauchen. Und die Kunden sorgen auch für mich.

Denn Sie sind sehr beliebt im Veedel.

Och, ja. Ich bekomme Blumen, Kuchen, jetzt im Herbst auch selbst gemachte Marmelade oder auch belegte Brötchen. Davon könnte ich mich ernähren.

Aber Handwerk hat, so heißt es, goldenen Boden. Wie sind Sie zu dem Beruf gekommen?

Tja, das ist so eine Geschichte. Ich bin in Greifswald geboren und 1950 mit meinen Eltern nach Köln gekommen. Aber nicht direkt, sondern als Flüchtlinge aus der DDR war unsere erste Meldestelle in Bremen. Dort hat man uns direkt eine Rückfahrkarte in die Hand gedrückt, aber wir sind geblieben. Über Wuppertal sind wir in Köln gelandet. Hier durften wir eigentlich auch nicht bleiben, aber gleich nach unserer Ankunft trafen wir in Köln einen Mann, der hat uns bei sich, in einem ausgebrannten Haus in Klettenberg in der Rhöndorfer Straße 24, wohnen lassen. Und der war Schuhmacher. Wir haben die nächsten Jahre, bis ich sechs war, immer mit diesem Mann Tür an Tür gewohnt. Als das Haus in Klettenberg abgerissen wurde, sind wir zusammen in den Markthallen-Bunker nach Raderthal gezogen, danach an den Kartäuserwall und später nach Vingst. Als Kind bin ich immer wieder zu dem Schuhmacher hin gegangen und habe ihm bei der Arbeit zugeguckt. Aber eigentlich ging es mir um die Süßigkeiten, die er mir anbot. Ich hatte ja immer Hunger.

Und deshalb erhalten die kleinen Kunden noch heute Gummibärchen von Ihnen?

Ja, die gibt es immer. Auch noch für die Großen.

Und wie sind Sie dann Schuster geworden?

Mit 14 kam ich aus der Schule und da stellte sich die Frage, was ich werden soll. Und Karl, unser ehemaliger Nachbar, der mittlerweile ein guter Freund der Familie war, meinte, ich könnte doch auch Schuster werden. Ich habe dann bei der Firma Wukasch in Sülz in der Palanterstraße gelernt. Die hatten sogar drei Schuhgeschäfte in Köln. Das war ein richtiger Familienbetrieb. Ich gehörte dazu. Meine Familie, zu der in Köln noch drei Geschwister hinzugekommen waren, lebte damals in Kalk, und wir hatten eine Wohnung ohne Bad. Bei Wukasch konnte ich auch immer baden.

Und nach der Lehre, wie ging es da weiter?

Mit gerade 20 Jahren wurde ich entlassen, weil sich die Familie zerstritten hatte. Danach habe ich dann alle möglichen Jobs gemacht, habe lange Jahre mit dem Lkw Holz auf Baustellen gefahren.

Aber Sie haben nicht als Schuhmacher gearbeitet?

Nein, nur ein bisschen nebenbei. Dann kamen ja die Ketten wie ›Mister Minit‹ auf und das war nichts für mich. 1970 wurde mein erster Sohn geboren und ich musste gucken, woher das Geld kommt. Mit meinem jüngsten Bruder habe ich beispielsweise das Schuhgeschäft der Firma Frankenstein in Ehrenfeld nach einem Brand renoviert. Frankenstein hatte hier in Nippes hinter dem Krankenhaus eine Schuhfabrik und drei Geschäfte in Köln. Er hat meinem Vater und mir dann das Flugticket nach Spanien bezahlt als mein Bruder gestorben ist.

Wann ist das passiert?

Das war 1977. Mein Bruder ist mit meiner Schwester nach Calpe in Urlaub gefahren. Um halb fünf kamen sie an, um fünf Uhr war er tot. Er ist in den Swimmingpool bei der Ferienwohnung gesprungen und gestorben. Der war nur 1,60 Meter tief. Ich habe mir das ja später angeschaut. Und dann haben wir meinen Bruder in Spanien beerdigt. Wir hatten ja kein Geld für eine Überführung. Mein Bruder hatte 530 Mark Urlaubsgeld und davon habe ich den Sarg, das Loch in der Wand und einen Kranz gekauft. Das war schon ein Schock. Seitdem macht es mir nichts mehr aus, wenn jemand stirbt. Schließlich hatten mein Vater und ich noch 28 Mark. Nicht genug Geld für einen Flug zurück. Wir sind dann mit dem Bus gefahren. 46 Stunden von Südspanien.

Wie sind Sie schließlich doch noch Schuhmacher in Nippes geworden?

1980 verkaufte besagter Karl, unser Nachbar der ersten Stunde, seine Schusterwerkstatt in der Auguststraße. An mich. Seitdem arbeite ich in Nippes.

Der Zufall hat sie ja beruflich nach Nippes geführt. Was gefällt Ihnen hier?

Der Menschenschlag. Die Leute sind offen und wenn man Ihnen offen entgegen kommt, dann klappt das Zusammenleben. Ich bin ja viel in Köln rumgekommen, habe in vielen Stadtteilen gewohnt, aber der Nippeser Schlag ist schon gut.

Wohnen Sie auch in Nippes?

Nein, die Miete sollte steigen und mit Hilfe der Familie habe ich mir ein altes, kleines Haus im Westerwald gekauft, das ich in den letzten Jahren saniert habe. Da lebe ich jetzt, denn auf dem Land fühle ich mich unheimlich wohl. Ich habe ein >Aktiv 60-Ticket< für die Bahn zum Pendeln. Jetzt kommt der Rest des Lebens. Jetzt bin ich alt und knackig. Manchmal knackt es hier und manchmal da.

Vielen Dank für das Gespräch. Prost.

Auf ein Kölsch im Kappes mit Gigi Herr

Etwas ganz Besonderes verbindet die 70-jährige Schauspielerin mit der Gaststätte „Em golde Kappes“: Auf einer bemalten Scheibe in einer Tür im Gastraum sind ihre Füße abgebildet. Dem Glaser gefielen damals ihre außergewöhnlichen Schuhe. Und dem Publikum im >Kaiserhof-Theater< gefällt ihr kölscher (Schau)Spielwitz.

Wie war das denn nun mit den Schuhen, Frau Herr?

Die habe ich mir mal vor 40 Jahren in London gekauft und die hatten Nieten und Fußfesseln. Die waren außergewöhnlich und ich habe damit sozusagen die Punkbewegung vorweg genommen.

Jetzt muss ich bei der Anrede Frau Herr direkt schmunzeln.

Ja, da kommt es immer wieder zu Verwechslungen. Neulich habe ich noch etwas im Internet bestellt und das Paket wurde an Frau Gigi adressiert. Aber bei meinem Sohn war das noch ärger. Der ist ja Herr Herr.

Beim Namen Herr wird in einem Atemzug ihre Tante Trude Herr genannt, unvergessene Kölner Volksschauspielerin, Autorin, Sängerin und Theaterleiterin.

Ja, die Nichte von Trude zu sein, verfolgt mich schon mein ganzes Leben. Als Teenager hat mich das schon genervt, aber jetzt kann ich damit leben. Wat soll ich mich opräje für jet, wat ich doch nit ändere kann? Aber was anderes liegt mir auf dem Herzen.

Und was?

Seit 1945 wohne ich in Nippes, also fast mein ganzes Leben. Aber was mir nicht mehr gefällt, sind die zahlreichen Telefonshops. Die Billigläden dagegen liebe ich zum Stöbern. Früher gab es viele schöne kleine Läden, die ich jetzt auf der Neusser Straße zwischen Ebertplatz und Agneskirche finde. Sind mittlerweile die Mieten so hoch hier? Aber ich will nicht nur kühmen.

Was läuft denn gut in Nippes?

Die Mauenheimer Straße zwischen Neusser Straße und Schillplatz finde ich mit den Geschäften und Imbissbuden richtig schön Multi-Kulti. Da bin ich stolz darauf, dass Köln das akzeptiert. Und natürlich auf unseren Markt. Wenn ich zwei Tage nicht auf dem Markt war, bin ich unglücklich. Ich mag auch die vielen türkischen Stände. Da gibt es ganz bestimmte Hierarchien. Das ist spannend zu beobachten.

Sie arbeiten als Schauspielerin. War das von Anfang an so geplant?

Ich wollte schon immer Schauspielerin werden, aber Trude sagte, ich sei zu faul und würde das nicht schaffen. Sie wollte damit meinen Ehrgeiz anheizen, aber das ist ihr leider nicht gelungen, weil ich die Traute verloren habe.

Aber seit fast 20 Jahren arbeiten sie im Ensemble von Walter Bockmayer, Kölner Kult-Autor, Regisseur und Theaterleiter.

Das war damals Fügung. Er hatte mich in einem nicht besonders guten Pilotfilm für eine RTL-Serie gesehen, die dann auch nie gedreht wurde. Er plante, das >Kaiserhof-Theater< wiederzueröffnen und fragte, ob ich Lust hätte mitzumachen.

Und Sie haben gleich zugesagt?

Ich hatte eine richtige Gänsehaut, denn ich war ein Garderobenkind. Wenn Trude im alten Kaiserhof aufgetreten ist, saß ich doch in der Garderobe. Das waren schon ganz besondere Erinnerungen, die plötzlich wieder hochkamen.

Jetzt sind wir doch wieder bei Trude Herr. Sehen Sie sich als ihre Nachfolgerin, denn Sie sehen sich schon sehr ähnlich?

Das mit dem Aussehen stimmt und manche Leute wollen mir das Geheimnis entlocken, dass ich doch die Tochter von Trude und nicht von Aggi Herr sei (lacht). Und Nachfolgerin würde ich niemals sagen, denn Trude war sehr gut, hochbegabt, aber auch ein schwieriger Mensch. Mit vier Jahren bin ich zusammen mit ihr zum ersten Mal im Millowitsch-Theater aufgetreten. Als ich 30 Jahre alt war, habe ich drei Jahre in einem von ihr selbst geschriebenen Stück mitgespielt und bin danach auch im Karneval aufgetreten.

Am Karneval kommt man in Köln irgendwie nicht vorbei.

Nach dem Tod von Trude 1991 kam unser gemeinsamer Manager Hermann Arens auf mich zu und sagte: Mal sehen, was ich für dich tun kann.

Durch ihn kam die Zusammenarbeit mit Karlheinz Papenkort als „Das Traumpaar" zustande?

Ja, wir sind drei Jahre erfolgreich durch die Säle getourt. Da habe ich auch gemerkt, das Kölsch sprechen meine Stärke ist. Das funktioniert wirklich. Ohne Kölsch zu schwade, müsste ich mich verbiegen.

Und jetzt, mit 70, stehen Sie immer noch vier Abende in der Woche auf der Bühne im Scala-Theater am Ring.

Die Vorstellungen sind immer ausverkauft und das Ensemble ist wie eine Familie für mich. Die Atmosphäre stimmt und besonders in der Garderobe lachen wir immer sehr viel. Das war auch in der Zeit mit Trude so.

Obwohl Sie Ihren Ruhestand auch anders genießen könnten?

Ich fahre im Sommer immer vier Monate mit meinem Partner nach Griechenland und genieße es, dort Freunde zu treffen, die ich seit 1966 kenne. Ich habe mein Leben gelebt... Ach nein, hört sich an, als wenn et vorbei wör. Ich lebe doch immer noch... und wie! Ich bin immer viel gereist, war nie neidisch auf andere und habe immer gedacht, es reicht schon, wenn ich mit 50 Jahren anfange, für meine Rente zu arbeiten. Das ist gelungen. Ich habe Glück gehabt.

Na ja, faul waren Sie nicht, nur kein Typ für die etablierten Jobs.

Ja, das stimmt. Früher fand man doch Jobs wie man wollte. Ich habe immer gern gefeiert, da konnten die Feste nicht dick genug sein. Jetzt denke ich jeden Tag, was ich für ein Glück habe, dass ich kerngesund bin und immer noch arbeiten kann. Alter war für mich nie relevant. Und wie sagte Trude: „Jugend ist kein Privileg und Alter kein Verdienst."

Vielen Dank für das Gespräch. Prost.

Auf ein Kölsch im Kappes mit Franz-Josef Höing

Der neue Kölner Baudezernent wohnt in Nippes und fühlt sich hier „total wohl". Auf seiner letzten beruflichen Etappe arbeitete der Stadtplaner als Senatsbaudirektor in Bremen. Davor lehrte der 47-Jährige als Professor für Städtebau in Münster, war Leiter der Projektgruppe Hafen-City in Hamburg und hat auch schon in Aachen, Wien und New York gelebt und gearbeitet. Geboren wurde Franz-Josef Höing in Gescher im Münsterland.

Herr Höing, wie kommt es, dass Sie in Nippes wohnen?

Das war Zufall. Als nach meiner Wahl im Stadtrat klar war, dass ich in Köln arbeiten werde, haben wir ins Internet geschaut und die Wohnung schnell gefunden. Drei Tage später war der Mietvertrag unterschrieben.

Und Sie haben die Wahl nicht einen Tag bereut?.

Nein. Für uns ist es perfekt. Ich hatte wieder Lust, in eine richtige

Großstadt zu gehen, wollte zentral wohnen und nach einem langen Arbeitstag auf kurzem Weg und möglichst mit der U-Bahn nach Hause fahren.

Wie muss Großstadt für Sie als Stadtplaner aussehen?

Eigentlich wie hier in Nippes. Die Mischung stimmt, es gibt ein schönes Netz öffentlicher Räume, das Angebot an Geschäften und Lokalen ist sehr gut. Hier habe ich alles, was ich brauche und muss nicht woanders hin fahren. Es ist das Selbstverständliche der europäischen Stadt, das ich hier finde.

Findet man das überall in Köln?

Nein. Deshalb ist es mein Ziel, die Stadt städtischer zu machen, die räumliche Nähe von verschiedenen Nutzungen wieder herstellen. Das ist heute keine Selbstverständlichkeit mehr. Wir sortieren noch zu sehr auseinander und haben dadurch weniger Stadt. Natürlich muss auch die soziale Mischung stimmen. Das ist eine große Herausforderung in den nächsten acht Jahren meiner Amtszeit, die man mit Augenmaß und ohne ideologische Brille bewältigen muss.

Beim Clouth-Gelände haben Sie ein aktuelles, urbanes Projekt direkt vor der Tür.

Das ehemalige Werksgelände ist ein wahnsinnig guter, städtischer Standort und ein spannendes Projekt zum Thema Stadtentwicklung für Nippes.

Was halten Sie von dem städtebaulichen Konzept des Büros Scheuvens und Wachten für das Clouth-Gelände? Sie waren selbst Assistent von Kunibert Wachten in Wien.

Es ist ein schönes Konzept, ein unaufgeregter städtebaulicher Ansatz. Ich habe meinen Studenten immer erklärt, Städtebau sei wie Bücherregale bauen, wobei man allerdings noch nicht weiß, was einmal drin stehen wird. Aber auch leer sollten sie schon schön aussehen. Denn Städtebau agiert mit vielen Unbekannten. Beim Clouth-Gelände haben wir ein stabiles Grundgerüst.

Jetzt muss nur noch für schöne Bücher und ein vielfältiges literarisches Angebot gesorgt werden. Mit der Entwicklungsgesellschaft sind wir da flexibler aufgestellt und sollten das klug vermarkten.

Beim Stichwort „leer“ fällt mir nur ein, dass die Stadt das Clouth-Grundstück vor zehn Jahren gekauft hat und seitdem nichts vor Ort passiert ist. Das ist doch unbegreiflich.

Ja. Manche Dinge dauern einfach zu lange in dieser Stadt. Es sind natürlich auch langwierige, interne Abstimmungsprozesse einzuhalten, es müssen politische Gremien einbezogen werden, finanzielle Fragen spielen eine Rolle, manches muss europaweit ausgeschrieben werden. Aber das sorgt für Ungeduld bei den Bürgern, sie fühlen sich genervt. Da sind wir in der Verwaltung gut beraten, einige Prozesse und Strukturen in Frage zu stellen, die einfach nicht mehr passen.

Gehört dazu auch das Baustellen-Management?

Ja, damit nerve ich schon seit meinem Amtsantritt. Das gebaut wird, ist gut. Das zeugt von einer Dynamik in der Stadt. Aber wie sehen die Baustellen aus? Manchmal lässt sich schon mit wenigen Handgriffen etwas besser machen. Das trifft für Nippes beispielsweise an der Baustelle Neusser Straße/Gürtel zu und für die ganze Stadt. Wir brauchen eine Diskussion zur Baustellen-Koordination. Der Leiter des >Amtes für Straßen und Verkehrstechnik< hat mir zwar versichert, dass es die schon gibt, aber damit lässt sich keine goldene Nase verdienen. Es muss einfach anders aussehen.

Ein weiteres großes Projekt ist der Umbau von Kempener und Neusser Straße.

Oh, da bin ich nicht im Detail informiert. Das hätte ich recherchieren müssen. Aber denken Sie nicht, dass alles schneller geht, nur weil der Baudezernent in Nippes wohnt.

Ach, das ist jetzt schade.

Ich bin auch nur ein kleines Rädchen im Getriebe und die Stadt ist 2000 Jahre ohne mich ausgekommen. Als Neuankömmling habe ich erst einmal eine Menge Respekt und will in die Stadt hineinhorchen, die mir an manchen Stellen sperrig erscheint, aber für mich auch eine der tollsten deutschen Städte ist.

Wie sehen Sie hier in Zukunft Ihre Aufgabe?

Es ist natürlich ein Privileg, Baudezernent zu sein, aber ich will die Geschicke einer Großstadt nicht bestimmen, aber mit gestalten, Bürger an den Entscheidungen beteiligen und die eigene Rolle auch in Frage stellen. Dennoch betrachte ich mich als Planer und nicht nur als Moderator oder gar nur als Verwalter. Ich will klar sagen, was ich will und was nicht, um nicht Erwartungen zu wecken, die nicht erfüllt werden können.

Da warten in den nächsten Jahren einige Herausforderungen auf Sie. Denn Sie sind nicht nur für Stadtentwicklung, sondern auch für Bauen und Verkehr zuständig.

Ja. Es gibt einen Sanierungsstau beispielsweise bei Schulen und bei den Brücken und das in einer Phase, in der die kommunalen Finanzen angespannt sind. Das ist schon eine große Herausforderung und eine extrem schwierige Aufgabe.

Wie wollen Sie der begegnen?

In dem ich Schwerpunkte definiere und eine Debatte darüber führe, eine Art vom Kompass entwickele, wohin die Reise gehen soll. Köln ist eine wachsende Stadt und da stellt sich die Frage, wo Flächen für den Wohnungsbau vorhanden sind. Und Flächen für gewerbliche Nutzungen müssen ebenso ausgewiesen werden. Das ist schon eine Mammutaufgabe, denn es stehen sehr viele Themen auf der Tagesordnung.

Dafür wünschen wir Ihnen alles Gute und bedanken uns für das Gespräch. Prost.

Auf ein Kölsch im Kappes mit Fritz Schramma

Es war ein kleines Heimspiel für Fritz Schramma: Der Köbes machte den ehemaligen Kölner Oberbürgermeister kurzerhand zum Bürgermeister von Nippes und zahlreiche Bürgerinnen und Bürger freuten sich, Schramma wieder mal in seiner alten Heimat zu sehen. Er wurde 1947 in der Baudristraße geboren und lebte bis zum Alter von 14 Jahren dort.

Herr Schramma, welche Beziehung haben Sie noch zu Nippes? Sie sind 1961 mit ihrer Familie weg gezogen.

Ich habe natürlich noch viele schöne Kindheitserinnerungen und komme immer wieder gerne nach Nippes. Helmut Bär, der Sohn vom Metzgermeister, war mein Schulfreund und rund um die Baudristraße war das Zentrum unserer Aktivitäten. Wir haben uns getroffen, wenn ich noch an den Hausaufgaben saß und er noch keine gemacht hatte. Deshalb klingelte Helmut immer früher bei mir.

Und dann ging es raus auf die Straße?

Ja. Unten bei uns im Haus gab es eine Spedition und die hatten noch Pferde und einen Planwagen. Unter der Plane haben wir uns häufig versteckt und sind dann einfach mitgefahren.

Am Ziel irgendwo in Köln sind wir unbemerkt wieder ausgestiegen und mussten dann sehen, wie wir wieder nach Hause kamen. Das war natürlich ein tolles Abenteuer. Navigationsgeräte gab es ja noch nicht. 1953 wurde ich dann in der Volksschule Steinbergerstraße eingeschult. Vieles lag damals noch in Trümmern und so ungefährlich war es ja nicht, wenn wir dort rumgeturnt sind.

Seit 2009, seit dem Ende Ihrer Amtszeit, sind Sie im Ruhestand. Ist das eher ein Unruhestand?

Nein, denn ich hatte sowieso nicht geplant, jeden Abend vor dem Fernseher zu sitzen. Ich führe zahlreiche Ehrenämter fort aus meiner Zeit als Oberbürgermeister wie beispielsweise an der Universität und der Fachhochschule, bin auch in karitativen Stiftungen wie der Rheinenergie-Familienstiftung und habe nach dem Unfalltod unseres Sohnes 2001 die >Opferhilfe Köln< gegründet.

Das klingt nach einem vollen Terminkalender.

Ich habe schon jeden Tag drei oder vier Anfragen, aber ich genieße jetzt die Freiheit, meinen Kalender selbst zu gestalten und nicht mehr so eng in Verpflichtungen eingebunden zu sein. Und ich freue mich, häufiger zusammen mit meiner Frau gesellige Veranstaltungen besuchen zu können.

Wie betrachten Sie jetzt, mit zeitlichem Abstand, die Jahre als Oberbürgermeister?

Ich habe schon vor, die knapp zehn Jahre (Schramma war Oberbürgermeister von 2000 bis 2009, Anmerk. d. Red.) zu dokumentieren, allerdings erst, wenn der Archiveinsturz gerichtlich abgeschlossen ist. Es war schon eine spannende Zeit, die erste Dekade im neuen Jahrtausend. Wir hatten die Fußball-WM, den Weltjugendtag, der Rheinauhafen entwickelte sich. Es war eine richtige Aufbruchsstimmung nach der Jahrtausendwende, die man ja doch mit einem etwas mulmigen Gefühl erwartet hatte.

Ziehen Sie eine positive Bilanz?

Ich bereue keinen Tag. Ich habe das Amt als ´kölsche Jung` sehr gerne wahrgenommen. Es war Geschenk und Aufgabe zugleich, es war die totale Verantwortung, denn du bist für alles zuständig, angefangen vom Kanaldeckel über Kleingärten und Kindergarten bis zur Stadtentwicklung. Und am Ende stehst du vor diesem Schuttberg, der einmal das Stadtarchiv war.

Daraufhin haben Sie nicht mehr für eine zweite Amtszeit kandidiert, wie Sie das eigentlich vor hatten?

Ja, und diese Entscheidung ist mir damals schwer gefallen, denn eine weitere Amtszeit konnte ich mir schon gut vorstellen. Aber heute weiß ich, dass diese Entscheidung genau richtig war. Ich habe im März 2009 symbolisch die Verantwortung für den Einsturz des Stadtarchivs übernommen, aber das war kein Eingeständnis einer Schuld.

Die Öffentlichkeit hat Ihnen damals schlechtes Krisenmangement vorgeworfen.

Ich stand am nächsten Morgen an der Einsturzstelle und habe,

wie es meine Art ist, direkt und emotional reagiert. Der Tod der zwei jungen Männer ist mir sehr nahe gegangen, gerade auch, weil wir selber einen Sohn verloren hatten. Medienfachleute hätten mir sicher geraten, die Situation erst zu sondieren und sich dann zu äußern. Mittags musste ich meine Aussage zum Teil wieder revidieren und diese Zeitspanne ist mir verübelt worden. Heute würde ich mit mehr Gelassenheit an die Situation heran gehen. Damals war ich drei Wochen lang die Zielscheibe der politischen und medialen Welt, und das war der absolute Stress. Das frisst dich auf und deshalb habe ich meine Kandidatur zurückgezogen.

Haben Sie noch offizielle politische Ämter inne?

Nein, ich habe mich vor drei Jahren ganz bewusst aus der Politik zurückgezogen. Das war eine endgültige Entscheidung, und ich genieße meine Freiheit und Unabhängigkeit. Allerdings: Einmal OB, immer OB. Das bleibt man. Viele Leute fragen mich um Rat und ich versuche, im Interesse der Stadt als Vermittler aufzutreten.

Wie beispielsweise im Streit beim Bau der Moschee in Ehrenfeld.

Ja, ich werde häufig angefragt, wenn es um das Thema Integrationspolitik geht, auch in der Türkei. Ich habe auch eine Anfrage zum >Evangelischen Deutschen Kirchentag< im nächsten Jahr in Hamburg erhalten. Bei den Themen >Integration< und >Leben in einer multikulturellen Gesellschaft< kristallisiert sich ein gewisses Profil heraus.

Zum Abschluss des Gesprächs noch drei Fragen in einer: Was wünschen Sie sich für die Zukunft für sich persönlich, für Nippes und für Köln?

Der zentrale persönliche Wunsch ist natürlich Gesundheit und das im Kreise der Familie. Für Nippes wünsche ich mir, dass sich mein Geburtsort weiter so positiv entwickelt wie in den letzten Jahren und den Alt-OB nicht ganz vergisst. Vielleicht gibt es in einigen Jahren eine Plakette oder einen Straßennamen. Und für Köln wünsche ich mir, dass eine Brücke geschlagen wird zwischen der Wirtschaft und dem sozialen Köln und der Kultur. Denn eine florierende Wirtschaft ist das Fundament, um sich soziale und kulturelle Einrichtungen leisten zu können. Als OB habe ich immer als meine zentrale Aufgabe betrachtet, Unternehmen in die Stadt zu holen, damit es wirtschaftlich voran geht. Das wünsche ich Köln für die Zukunft.

Danke für das Gespräch. Prost.

Auf ein Kölsch im Kappes mit Myriane Angelowski

Die gebürtige Kölnerin schreibt Krimis und Mystery-Thriller mit Titeln wie „Tödliches Irrlicht“ oder „Der Werwolf von Köln“. Im Gespräch ist die 49-Jährige allerdings lammfromm und auskunftsfreudig. Sie engagiert sich bei den „Mörderischen Schwestern“ und dem „Syndikat“, zwei Zusammenschlüssen von Krimiautorinnen.

Frau Angelowski, warum schreiben Sie Krimis, die in Nippes spielen?

Jeder Krimi braucht ein Zuhause. In Nippes, wo ich seit 14 Jahren lebe, kenne ich mich gut aus und kann schnell zu den Orten gelangen, wenn ich ein Detail nachprüfen will. Das erleichtert mir die Arbeit. Und ich kenne die Mentalität der Menschen, ich weiß, wovon ich schreibe. Das macht mir Spaß.

Die Titel Ihrer ersten beiden Krimis „Gegen die Zeit“ und „Tödliches Irrlicht“ klingen nicht nach leichter Kost.

Das stimmt. Es sind keine heiteren Krimis, denn mich interessieren die Abgründe der Seele. Das erste Buch spielt während der Zeit der Hexenverfolgung, die nicht angenehm war und der zweite während der Zeit der Heimerziehung in den 1960er Jahren. Ich schreibe aus der Mitte des Lebens und so sind meine beiden Hauptfiguren in diesen Köln-Krimis gestaltet. Die beiden Kommissarinnen, die in Nippes leben, haben Beziehungsprobleme und auch Probleme in der Zusammenarbeit. Und aus diesen Konflikten entwickeln sich die Geschichten neben dem eigentlichen Kriminalfall.

Lesen Sie auch selber noch Krimis?

In der Phase, wenn ich an einem neuen Buch schreibe, eigentlich nicht. Ich möchte mich dann nicht beeinflussen lassen. Im Urlaub dagegen lese ich gerne Bücher von Stephen King oder Fred Vargas.

Wie sind Sie eigentlich zum Krimischreiben gekommen?

Ich habe schon als Kind die Fünf-Freunde-Bücher von Enyd Blyton verschlungen und das Schreiben hat mich schon immer interessiert. Ich habe hier in Köln allerdings Sozialarbeit studiert. Eine Freundin brachte mir aus Amerika immer wieder Bücher mit zum Thema „Schreiben als Handwerk". Und einmal war ein Buch dabei mit der Thematik, wie man Krimis schreibt. Damit fing es an.

Aber reicht allein die Beherrschung des Handwerks?

Nein, natürlich nicht. Ich habe einen Film im Kopf, den ich aufs Papier bringe. Und dafür brauche ich alle meine Sinne. Der Krimi lebt ja von der Atmosphäre, die ich schaffe.

Was reizt Sie an diesem speziellen Genre?

Ich führe gerne in die Irre, lege falsche Fährten, betreibe so eine Art von Schnitzeljagd. Meine Geschichten beginnen häufig mit einem großen Knall und dann erzähle ich bis zur Auflösung. Viele Leser bestätigen mir, dass sie erst sehr spät darauf kommen, wer der Täter ist. Ich würde schon gerne einmal ein Buch von mir lesen, ohne es zu kennen, um als Außenstehende zu urteilen. Aber das geht ja leider nicht.

Als Außenstehende würde ich sagen, dass der Titel ihres dritten Buches „Der Werwolf von Köln" schon sehr reißerisch klingt.

Das ist ein Mystery-Thriller, der auf einer tatsächlichen Person beruht, dem „Werwolf von Bedburg" Peter Stubbe, der zu Beginn der Neuzeit gelebt hat und 1589 verurteilt und anschließend hingerichtet wurde. Ich brauchte mal Urlaub von meinen beiden Hauptfiguren und mein Verleger fragte mich, was ich denn noch schreiben könnte. Und so ist dieses Buch entstanden. Mein nächster Kriminalroman spielt übrigens an der Nordsee.

Was bedeutet Nippes für Sie, neben der Tatsache, dass der Stadtteil Schauplatz ihrer Krimis ist?

Nippes hat ein bisschen den Charakter eines Dorfes. Ich kenne den Mann im Kiosk, die Leute, die die Pizzeria betreiben, meinen Friseur hier. Ich gehe immer in dieselben Lokale. Ich sehe die Kinder meiner Nachbarn aufwachsen und erlebe dabei, wie die Zeit vergeht. Und ganz klar ist Köln meine Heimatstadt. Hier bin ich geboren, bin zum Teil hier aufgewachsen, habe in Köln studiert und auch mal bei der Stadt gearbeitet. Das Schönste ist immer noch, wenn man über eine der Rheinbrücken fährt und den Dom wieder sieht.

Im Jahr 2000 haben Sie Ihre unbefristete Stelle gekündigt, um sich ganz dem Schreiben zu widmen.

Noch nicht ganz. Ich habe noch freiberuflich als Coach gearbeitet. Aber dafür habe ich jetzt immer weniger Zeit. Das Schreiben und die Lesungen nehmen immer mehr Platz ein. Das Schönste ist für mich, morgens den PC hochzufahren und mit einer Tasse Kaffee ausgerüstet mit dem Schreiben zu beginnen.

Dabei nutzen Sie auch die Erfahrungen in Ihrem ehemaligen Job?

Ja natürlich. Als Studentin habe ich Nachtwachen im Elisabeth-Fry-Haus gemacht, einem Frauenaufnahmehaus. Und dann habe ich acht Jahre im Frauenamt gearbeitet und hatte mit der Thematik Gewalt gegen Kinder und Frauen zu tun. Wahrscheinlich rührt daher mein Interesse an der tatsächlichen Tragik im Leben. Hinzu kommt das Interesse an der Psychologie meiner Täter und der Forensik, also die Rechtsmedizin. Ich versuche, mit jedem meiner Bücher etwas besser zu werden.

Danke für das Gespräch. Prost.

Auf ein Kölsch im Kappes mit Maria Vollmer

Die Sängerin und Tänzerin ist seit „fünf Jahren 39" und lebt mit Mann und zwei Kindern im Reihenhaus auf dem Gelände des ehemaligen Eisenbahnausbesserungswerks. Die Ideen für ihre Music & Dance-Comedy wie „Sex & Drugs im Reihenhaus" findet Maria Vollmer direkt vor der eigenen Haustür.

Frau Vollmer, wie passt das zusammen: Künstlerehepaar im Reihenhaus?

Das passt wunderbar zusammen. Dieses Haus und die Umgebung sind ein echter Ruhepol für mich. Ich bin viel unterwegs und ich empfinde Haus und Nachbarschaft sehr entspannend.

Und auch inspirierend?

Auf jeden Fall, denn viele Ideen ziehe ich aus meinem Umfeld. Ich habe mein erstes Soloprogramm deshalb >Sex und Drugs im Reihenhaus< genannt. Man entdeckt den Spießer in sich, wenn man mit dem Epiliergerät plötzlich die Rasenkante bearbeitet. Oder in seinem Gärtchen liebend gerne grillt. Das ist sehr spannend.

Geht das anderen in Ihrer Nachbarschaft ebenso?

Absolut. Da wohnen viele im Reihenhaus, die sich das früher nie vorstellen konnten, auch viele Künstler. Der eine hat vielleicht mal in einer Punkband gespielt und möchte es jetzt schön ruhig und angenehm haben. Und für Kinder ist das natürlich super.

Letztes Jahr im Oktober haben Sie den Euskirchener Kleinkunstpreis erhalten. Zusammen mit ihrer Partnerin Eva-Maria Michel als >First Ladies< haben Sie schon ein halbes Dutzend Preise gewonnen. Was bedeuten diese Auszeichnungen für Sie?

Es ist ein schönes Gefühl, wenn man gewinnt. Und Preise sind in der Branche wichtig, eine Plattform, um bekannter zu werden.

Wir wird man überhaupt bekannt?

Man muss Spaß an der Sache haben, Kreativität, ein Gefühl für Marketing und das Wichtigste ist Durchhaltevermögen. Dran bleiben, dran bleiben, dran bleiben. Gerade beim Kabarett und bei der Comedy ist die Beziehung zum Publikum sehr persönlich. Das ist jeden Abend eine neue Herausforderung für mich, denn jedes Publikum ist anders und das macht die ganze Sache spannend. Die einen machen eben Bungeejumping und ich gehe auf die Bühne.

Sie sind schon das gesamte Jahr 2012 mit ihrem Programm bundesweit gebucht, treten regelmäßig einmal im Monat im Kölner Ateliertheater auf, ihr Mann Peter Vollmer ist ebenfalls Kabarettist. Wie klappt das mit zwei Grundschulkindern?

Das steht und fällt mit der Organisation. Mein Mann und ich wissen schon weit im Voraus unsere Termine, aber der Bedarf an Babysittern ist natürlich hoch. Dafür können wir mit den

Kindern öfters gemeinsam frühstücken und sind nachmittags häufig da. So gleicht es sich aus.

Aber nicht nur deshalb sitzen wir am frühen Nachmittag bei Apfelschorle statt beim Kölsch.

Nein, Bier schmeckt mir einfach nicht. Ich bin in Heidelberg geboren und im Stuttgarter Raum aufgewachsen, komme also aus einer Weingegend. Aber das ist nicht der Grund. Es ist einfach der Geschmack.

Seit ihrer Tanz- und Gesangsausbildung in Hamburg und Rotterdam arbeiten sie freiberuflich. Empfinden Sie das als besonderen Druck mit Kindern und Eigenheim?

Nein, das ist meine Lebenssituation und ich sehe das als Herausforderung. Und eigentlich ist es ja toll, dass es klappt.

Wie lange leben Sie schon in Nippes?

Seit 2003. Ich bin damals aus Düsseldorf hierher gezogen, dort hatte ich fünf Jahre ein tolles Engagement. Schon seit meiner Ausbildung war ich viel unterwegs und bin jetzt gerne sesshaft.

Und Sie sind im Stadtteil geblieben?

Ja, weil es mir hier gefällt. Es ist eine gute Mischung aus Stadt und Dorf. Der Stadtteil ist bodenständig geblieben, hat nicht abgehoben. Hier fühlen sich alle wohl, egal ob Arzt, Künstler oder Versicherungskaufmann. Und man hat alles, was man zum Leben braucht in Nippes, so dass man gar nicht weg möchte (lacht).

Danke für das Gespräch. Prost.

Auf ein Kölsch im Kappes mit Bernd Henke

Sein gesamtes Berufsleben, mehr als 42 Jahre, hat Bernd Henke (60) in der Kölner Stadtverwaltung gearbeitet, die letzten knapp acht Jahre bis zu seiner Pensionierung im Januar als Bürgeramtsleiter in Nippes. Der gebürtige Kölner ist Single und lebt in der Innenstadt.

Herr Henke, werden Sie jetzt öfters ein Glas Kölsch trinken?

Ja sicher, aber eher in der Innenstadt, in Wohnortnähe.

Und Nippes ist dann Ausland für Sie?

Nein (lacht). Seit Jahren habe ich hier meinen Friseur, den ich behalten werde und ich werde immer noch gerne nach Nippes kommen, um hier ein Kölsch zu trinken und mich mit ehemaligen Kolleginnen und Kollegen zu treffen.

Werden Sie nach dem Ende Ihres Arbeitslebens in ein schwarzes

Loch fallen?

Nein, auf keinen Fall. Ich habe genug Freundeskreise, mit denen ich mich unter der Woche treffe. Da bin ich froh, wenn ich am Wochenende in Ruhe Zeitung lesen kann und Bücher.

Und was lesen Sie gern?

Sachbücher, besonders Reiseführer und Wanderbücher. Ich bereite mich auf meine Urlaube gut vor. Ich hasse nichts mehr, als sich in fremden Ländern daneben zu benehmen.

Urlaub heißt für Sie dann auch immer Wanderurlaub?

Ja. 2013 plane ich eine Wanderreise nach Kuba, um auf diesem Wege mehr von Land und Leuten erleben zu können. Hier in Köln habe ich eine Sonntagswandergruppe. Mit denen bin ich auf kürzeren Strecken gern auf dem Kölnpfad unterwegs. Wir nehmen dann häufig Wein, Käse und Brot mit und machen unterwegs ein schönes Picknick.

Klingt gut und nach viel Entspannung.

Ja, am Wandern gefällt mir das Draußensein, die Natur zu erleben. Schon das Tempo mit dem Fahrrad oder Motorrad ist mir zu schnell. Die Wahrnehmung ist zu oberflächlich. Man muss rechts und links gucken und wenn man was sieht, auch stehen bleiben. Beim Wandern nimmt man viel mehr die kleinen Dinge wahr.

In den letzten Jahren mussten Sie sich auch im Bürgeramt mehr um die kleinen Dinge kümmern.

Ja, die erste Zeit ab Frühjahr 2004 war enttäuschend. Aufgrund von Sparmaßnahmen in der Verwaltung waren die Fachabteilungen im Bezirksrathaus vom Bürgeramt in die Mutterämter verlegt worden und ich war nur noch Chef von 30 Schulsekretärinnen, 30 Hausmeistern und 15 Mitarbeiterinnen und Mitarbeitern, um den eigenen kleinen Betrieb und das Bezirksrathaus zu verwalten.

Als oberster Chef für die Verwaltung im Stadtbezirk Nippes hatten Sie sich das sicher anders vorgestellt?

Auf jeden Fall. Mein Vorgänger Werner Lemmer war noch Vorgesetzter von 700 bis 800 Leuten. Ich konnte eigentlich wenig ausrichten, habe dann aber versucht, die wenigen Kompetenzen, die ich hatte, mit Hilfe von alten Weggefährten in der übrigen Verwaltung zu nutzen.

Wie sah das aus?

Im Jahr 2007/2008 stellte Fritz Schramma als Oberbürgermeister für jeden Stadtbezirk 325.000 Euro unter dem Motto ´Sauberkeit für Köln` zur Verfügung. Durch Rot/Grün im Rat gab es 2010 noch einmal 100.000 Euro. Ich habe mich dann bemüht, das Geld nachhaltig einzusetzen. Für neue Bänke und Papierkörbe oder Reparaturen alter Bänke und die Herrichtung kleiner Grünflächen. Die Ausschreibungen konnte ich zum Teil selbst machen.

Schließlich waren Sie vor Ihrer Zeit in Nippes acht Jahre lang stellvertretender Leiter des Rechnungsprüfungsamtes.

Ja, und eigentlich sollte ich auch der Leiter werden, aber meine Partei, die SPD, wollte das damals nicht.

Und wie kam es dazu, dass Sie Leiter des Bürgeramtes in Nippes wurden?

Da ich das Rechnungsprüfungsamt verlassen musste, wurde ich gefragt, ob ich als Leiter eines Bezirksamtes lieber nach Ehrenfeld oder Nippes wolle. Ich habe mich sofort für Nippes entschieden.

Warum?

Weil ich Bezirksbürgermeister Bernd Schößler gut aus der Parteiarbeit kannte. Er hat die Leitung der Sitzungen der Bezirksvertretung gut im Griff und immer Vorschläge parat, wenn eine Sache festgefahren ist. Und wir haben die Arbeit des Bezirksbürgermeisters und des Bezirksamtsleiters stets getrennt. Er repräsentiert und ich war Chef der Verwaltung.

Die Wahl zugunsten von Nippes haben Sie offensichtlich nicht bereut?

Nein, ich habe mich hier im Bezirk immer gerne engagiert, bin zu Stadtteilkonferenzen gegangen, war bei den Seniorennetzwerken und den Jugendeinrichtungen präsent und auch bei den Sitzungen des Bürgervereins ›Für Nippes‹. Das hatte mir mein Vorgänger schon empfohlen und das kann ich meinem Nachfolger nur raten. Das wertet die Gremien auf, und ich konnte so manche Sache auf dem kleinen Dienstweg erledigen. Mitglied im Bürgerverein werde ich auch weiterhin bleiben.

Danke für das Gespräch. Prost.

Auf ein Kölsch im Kappes mit Dr. Ulrich Laskowski

Er wurde in Marl geboren, studierte in Düsseldorf (!) Medizin und arbeitete zuletzt an der Lungenfachklinik in Hemer bei Iserlohn. Der 52-jährige Chirurg ist neuer Chefarzt für Thoraxchirurgie am St. Vinzenz-Hospital. Er ist verheiratet, hat zwei Töchter und ist der erste Gesprächspartner unserer neuen Serie.

Herr Dr. Laskowski, dürfen Ärzte Alkohol trinken?

Natürlich, aber natürlich nur, wenn kein Dienst ist. Und Kölsch ist ja in Köln eine Art Grundnahrungsmittel.

Besonders Chirurgen dürfen nicht die Hände zittern.

(lacht): Och, die stehen doch sowieso knietief im Blut, lautet ein gern geäußertes Vorurteil. Aber Spaß beiseite. Für die Chirurgie ist viel Erfahrung notwendig. Aber Chirurg war immer mein Wunschbild. Vielleicht, weil die Chirurgen so viel Bezug zum Handwerklichen haben. Mein Vater war Maurer.

Wie kam es dann dazu, dass Sie Arzt geworden sind?

Tja, wirklich abzusehen war das nicht. Eigentlich wollte ich Fußballer, Astronaut oder, das gab es noch zu meiner Kinderzeit, Dampflokomotivführer werden. Denn ich war Realschüler, bin auch einmal sitzen geblieben. In den Ferien habe ich bei meinem Vater auf dem Bau gejobbt. Obwohl ich viel Sport gemacht habe, tat mir nach einem Tag richtig der Rücken weh. Da kam ich zum ersten Mal ins Grübeln, ob Maurer das Richtige für mich sei.

Aber am OP-Tisch steht man doch auch manchmal lang?

Ja, aber es wechseln Phasen mit hoher Konzentration mit Routinegriffen ab. Zum Beispiel der Hautschnitt, bis man vor Ort ist oder später das Zusammennähen. Das habe ich so oft gemacht.

Wie haben Sie es denn vom Realschüler zum Chefarzt geschafft?

Der Beruf des Mediziners reizte mich schon, weil er ein hohes Ansehen hat, interessante Anforderungen bietet, und weil ich die Chance, die sich mir bot, ergriffen habe.

Das müssen Sie näher erklären.

Schon in der Schule und später im Studium habe ich erkannt, dass ich etwas erreichen kann, wenn ich fleißig bin und das auch erreichen will. Als ich den Studienplatz hatte, habe ich mir gesagt: Okay, ich probiere es.

Haben Ihre Eltern Sie unterstützt?

Ja, meine Mutter ist auf den Markt gegangen und hat Blumen und Fisch verkauft, um mein Studium mit zu finanzieren. Das Physikum, also das Vorexamen, habe ich dann daheim in Marl in der Garage ganz groß gefeiert. Ich wusste, jetzt habe ich es geschafft.

Und schief gegangen ist nie etwas?

Doch, natürlich. Es ist alles passiert, was passieren kann. Das Schlimmste ist, wenn ein Mensch auf dem OP-Tisch stirbt.

Wie verarbeiten Sie das?

Die Familie hilft. Ich spreche mit meiner Frau darüber, und wir gehen gemeinsam den Weg. Es braucht allerdings eine gewisse Zeit, bis ich darüber hinweg bin. Obwohl mein Hauptarbeitsgebiet Lungenkrebspatienten sind. Und die haben leider häufig eine schlechte Diagnose. Damit muss ich mich beschäftigen.

Seit 1. Oktober arbeiten Sie am St. Vinzenz-Hospital. Haben Sie schon viel von Nippes gesehen?

Am Wochenende habe ich mir mal einen Spaziergang gegönnt, und ich gehe regelmäßig zum Fußball gucken in eine Kneipe. Ich verschweige jetzt mal meinen Favoriten. Es gefällt mir hier sehr gut. Die zehn kölschen Gebote treffen schon zu. Mit den Kölnern kann man gut auskommen. Die sind sehr liberal. Das kenne ich aus dem Ruhrgebiet, und das finde ich gut. So eine Atmosphäre wie hier im Kappes gab´s in Hemer nicht. Das haben meine Frau und ich vermisst.

Aber Sie entspannen doch nicht nur bei Bier und Fußball?

Nein, das kann ich am Besten in der Familie. Das bedeutet für mich auch, sich um die Schulaufgaben meiner Kinder zu kümmern. Das fehlt mir hier. Ich wohne noch im Schwesternwohnheim, denn meine Familie kommt erst nächsten Sommer nach. Die Größere soll noch die Grundschule daheim in Hemer abschließen.

Und dann zieht die ganze Familie nach Nippes?

Nein, wir werden in Neu-Widdersdorf bauen. Das Konzept dort hat uns zugesagt. Es ist so ein wenig wie in Hemer, wo wir zwölf Jahre gewohnt haben.

Danke für das Gespräch. Prost.

Nippes-Magazin